新潮文庫

シズコさん

佐野洋子著

シズコさん

1

部屋にはいると母さんはベッドで向うむきに眠っていた。のぞき込んでも目をさまさずに口をもぐもぐしていた。もぐもぐしている口は歯が一本もないので小さな穴にうすい布を押し込んだようなしわが出来ていた。ずっともぐもぐしている。いつも寝ているが、時には焦点の定まらない目を少しも動かさずにいることもある。

「母さん」と云《い》うとビクッとして急にその目が恐怖をたたえて私を見る。「洋子だよ」と云うとしばらくして、目をきょろきょろさせてもう一度「洋子だよ」と云うとじいーっと私を見る。そして、「洋子なの。あらーっ」と云い、身をよじって、もう一回「あらーっ」と云うと私はもう洋子でなくなる。私は誰でもなくなる。

機嫌がいいと持っていったものを見せて「これ食べる？」と聞くと「食べる」とは

っきり云う。皿まで食おうとしたこともあった。寝ていても気配で目を覚ますことがあったが、今日はただ口をもぐもぐさせて眠っているだけなので、ただ立って見ていた。

それから椅子《いす》に座って、見ていた。母さんはいつもクリーニングしたてのピンピンのシーツとふとんカバーにくるまっている。母さんがうちに居るときはもう十年も前だったけどシーツはこんな風ではなかった。

私は自分のシーツだって、一ヶ月に二回位しかかえていない。汚れが目立たない様な真っ青とか、赤い花柄のシーツにしている。かけぶとんをかえるのが大仕事なので、その度にあー年とったなーと思い、カバーとふとんの中に頭をつっこんで汗だくになって、いつまで自分がこれが出来るのかなあ、今出来るのをありがたいと思わにゃならんと思っている。

母さんがあのまんま私の家にいたらこんなこざっぱりとしたばあさんにはなれなかった。食べ物だってここで、すりつぶしたり、何種類ものおかずやデザートまで食うわけにはいかなかっただろうと思うが、思った瞬間から私は母さんを捨てたんだとかならず思う。

このまま帰った方がいいと思ったが、母さんのベッドにもぐり込んだ。もぐり込んでも母さんは目をさまさず体も動かさずに口だけもぐもぐしている。母さんの手を持って握ったりさすったりしたけど目をさまさなかった。母さんの爪《つめ》を見てびっくりした。透明できれいな形をしていた。

私は母さんがこんなに呆《ぼ》けてしまうまで、手にさわった事がない。四歳位の時、手をつなごうと思って母さんの手に入れた瞬間、チッと舌打ちして私の手をふりはらった。私はその時、二度と手をつながないと決意した。その時から私と母さんのきつい関係が始まった。

これが、ほとんど狂暴とさえ云えるふりはらい方をした手か。がっしりと太く肉厚で私には赤黒く見えた手だった。母さんの体の中で爪だけがしわがないのだと、手をさすりながら思った。うすべったくなった手は骨に皮がひっついて、さすると皮が自由自在に移動するが、移動する皮というよりしわが自在にどこへでも行く。何のようだろうと例えをさがしたが、見つからなかった。太かった腕も棒のようで棒に皮がひっついていて、それも皮というよりしわで、しわにくっついて青い静脈が走っていた。かわいそうな母さん。この手で、途中ですげかえたりしないで、まるのままこの手で生きて来たんだね。こんなになるまで。

涙がたれて来た。そして思い出した。

家にかえる車の中で、私は泣きつづけていた。家に入っても誰も居ないのでベッドにもぐり込んで泣いていたが、いつまでも止まらないので、泣きながらサクラさんに電話した。

「あんたどーしたの」「今母さんのところからかえって来たんだけどー、私ひどいことしたんだよー」「何よ」「母さん嘘《うそ》つきだったの」「どんな」「あのね、サッチーみたいに学歴詐称《さしょう》したの」「アハハそんなのどうってことないことじゃない」「でも私やったんだよ、ずっと。口すぼめてさ、府立第二でございますって、本当は私立の女学校なの。云ってもはずかしい学校じゃないのに。そんで、住んでるところも、本当は牛込柳町《うしごめやなぎちょう》なのに、初めは牛込ですってだけ云って、どんどんエスカレートして、次は四谷でございますで、終りのころは麴町《こうじまち》ですになったのヨウ」「アハハ……」「そんで子供の時、母さん嘘ついたって云ったら、この子は嫌な子だ、嘘も方便ってことなぜわかんないのって、ひっぱたかれたんだよ」「フーン……」「父さんにそっくりだって」

父さんの手は肉がうすくて、平べったくて大きかった。真冬の北京《ペキン》で、地面が凍っている時、父さんは私の手を手ぶくろ代わりに握ってくれた。それからオーバーのポケットの中に私の手を握ったまんまずっと入れててくれた。

寒さで、足の先の感覚がなくなって、私は泣きそうになって「足が、足が」と云ったら、父さんは「バカヤロー、我慢しろ」と云ったが、手はずっと握っていた。私は父さんと外出する時はいつも手をつないでいた。私は父さんの平べったくてうすい広い手の肌ざわりをいつでも思い出すことが出来る。私は母さんとどこかへ外出した事がなかった。

父さんと手をつなぐこともなくなって、父さんは五十で、うすい平べったい手のまま死んだ。私は十九で母さんは四十二だった。子供が四人居た。一番下の妹は七歳だった。官舎だったから住む家もなかった。

「そんでそのあとは私大人になって側《そば》にいなかったから。でも私母さんが嫌いだったんだよ」「知ってるよ」「そんで、七十すぎて家に来たじゃん、そんで何でだかわかんないけど、ある日私母さんを責めたの。私ってそういう時、すごいじゃん、人の逃げ道ふさいじゃうんだよ」「知ってるよ」「責めたてて、何で、何でって、何でそんなに見栄《みえ》張るのかって。そしたら母さん泣きながら、『劣等感でしょうね』って云ったの」

母さんは自分の部屋へ行った。それでも私は気になっていたから、云ったくせに気になったから、しばらくして母さんの部屋を開けたら母さんはベッドに斜めに腰かけて、ブラウスの下を顔にあててまだ泣いていた。母さんは泣きながら云った。「何も他人のいるところで云うことないじゃない」「他人ったって夫婦だよ」と云いながら、あーそうだよなあと、悪かったなあと思ったが、私は思ったのだ。まだ他人に見栄張るのか。

母さんは他人の家で、遠慮して、信じられない位おとなしく上品ぶって身をちぢめて生きていた。自分の家、父さんが死んだあと自分で建てた家をたった一人の息子の嫁に追い出されて来てたのだ。嫁に来るまで東京で育ったが、もう何十年もあの土地は母さんの居るべき土地で、根を下ろしていたのだ。そういう母さんを私は可哀《かわい》そうだと思っていた。母さんは一日中あの土地の友だちに電話をかけていた。一ヶ月の電話代が六万円になっていた。領収書を見て、そうだよなあと思った。十万円でも二十万円でも電話かけな、かわいそうに。私は猛烈に嫁に腹を立てていた。二人で機嫌のいい時は嫁の悪口をいい合っていた。母の無念さは充分にわかった。でも嘘は私は許さなかったのだ。

「お宅のお母さんえらいじゃんか」「そうだよね、わーっ」「親子ってそういうもんだよ」「でも私そん時もう五十過ぎだったんだよ、ヒクッヒクッ。あんたそういう事なかった？」「云わないでーッ」「云ってよ」「私、一週間に一度会いに行ってたの、土曜に、ずっと。そんでそれがうっとうしくなっちゃってさ、母にもう忙しいから、毎週は来られないって云ったの。わかったって母が云ったのね。それで十日位して心配になって電話したら声が変なのね。それですぐ行ったら、熱出して様子が尋常でないのよ。それですぐそのまま病院につれてったんだけど、そのまま……ちょっと待って、ティッシュ持って来る……」「そんで」「それでそのまま二ヶ月したら病院で死んじゃ……。あの人、もう私が行く前から具合が悪かったのよ、でも私があんな事云ったから、ずっと我慢していたのよ」

サクラさんはヒーヒー電話の向うで泣いて、私はこっちで泣いていた。「……あの時お母さんいくつだったの」「八十二……」「そーか。でも私の方がひどいよ、あなたお母さん大好きだったし、二ヶ月会社休んで、狂ったみたいに体さすって、看病したじゃない」「でも私あんな事云わなかったら、助かったかも……知れないのよ」「私さあ、今反省して、泣いているけど、私、母さんが『劣等感でしょうね』って云った時、胸がスカッとしたんだよ。ひどいと思わない？　あー嫌だ嫌だ、私もティッシュ！あ、なくなっちゃった。みんなこんな事あるのかなあ」「あんた、私達泣くだけましだよ。そういう事から目をそらしている人もいると思うよ」

サクラさんは立ち直った。でも私は電話切っても立ち直れず、次から次へと泉のごとく私が母さんに云った事が湧《わ》き出て来た。

母さんが清水から出て来たのにけんかして、「帰ってよ」と私が叫んだことがあった。私は団地の窓から、母さんを見ていた。母さんの後姿を私はじっと見ていた。母さんは茶色っぽい花模様のワンピースを着ていた。うつむいていた。ノロノロ歩いていた。あの時母さんは五十過ぎていた。私は鬼畜生以下だ。

ふとんをかぶってずっと泣いたが、泣いたからって罪がへるわけではない。老人ホームの母さんのベッドで、私はゴメンネ、ゴメンネと云ったけど、あやまったからって誰がゆるすか、私だってゆるさない。何だか身の置きどころがなくてウロウロして、北軽井沢に行くことにした。北軽井沢の家を閉めて、すぐ帰って来よう。夜遅く着いたら暖房がこわれていた。

次の日暖房屋が来るまで、新井さんちに行った。奥さんだけが居た。

「寒くなったねえ、寒くなるとわたし思い出すことがある。わたし上二人男、下に男二人、真中に女が私一人、ちょうど真中に女。もう母さんが弱ってから、行ったの。そしたら、寒いのに窓があいていただよ。こんな寒いのにって閉めたさ。義姉《ねえ》さんに窓あいて寒かないのって云ったら、『お義母《かあ》さん、キミ子が来るのが見えるからって、閉めさせない』だって。まあ何時間も窓あけて、わたしが来るの待ってただねェ。もう寝たっきりでね、それでもわたしが来るの見たかっただねェ」

新井さんの奥さんは、両手の指で目のあたりをふいていた。「お母さんいくつだったの」奥さんは指をつかって数えた。「去年十三回忌だったから、わたしが今七十三でしょ」また指をつかって、しばらくして「八十五か六か、三かな。そんくらいだったよ、たしか」と云った。そして又その指で、目をふいた。

2

戦後六十年が、区切りか、反省か、自己弁護かわからないが、テレビで度々、ドキュメンタリーをやっている。そしてテレビで戦前の銀座が映ることがある。

男も女も帽子かぶれり、昭和の初め洋服は大変正しく伝統的であった。銀座通りもきれいなおねえさんと帽子かぶった男の人が、ほどよくのまばらさで歩いている。銀座通りは人がまばらで丁度よく柳もまだヒョロヒョロと風に流れていた。銀座の建物もとてもおしゃれで落ち着いていた。昭和八、九年位か。

そういえば、家の母の写真帳に、こんなモダンガールの母さんの写真が何枚もあった。わざわざ写真屋で友人二人とか一人とか、もうセピア色に変わっている時の流れが大正ロマンの色である。

間違いなく母さんはモガであった。

大きなつばの白い帽子をななめにかぶり、だらっとしたうすものの体にへばりつく形のドレスを着ている。あのモガスタイルは何十年たっても新しくモダンなのが不思議である。

私が七〇年代の洋服を着た写真を見ても、よくこんなすその広いパンタロン着る度胸があったなあと流行の持つおかしみが恥ずかしい。他人が見ても恥ずかしいだろうと思う。

しかしあのモガやモボの写真は、何か洋服というものに対して立派である。銀ブラ、資生堂パーラー、尾張町の交差点は何百回も聞いた様な気がする。

モガとモボがピクニックに行った写真もあった。モボは白い上下の背広にパナマの帽子をかぶっている。四、五人の男女が川の石に立ったり座ったりしているが、母の靴は複雑なコンビネーションであった。

この古い母のしゃれのめした写真を見ると、わけのわからない違和感がかすかにするのだった。

叔母が云《い》ったことがある。「姉さんは、そりゃペタペタ、ペタペタ化粧をするのよ。それが面白くて側へ行ってじっと見ちゃうのよ。こっちはまだ子供だから。するとおこってねぇ、そのへんにあるもの投げつけるのよ」

それは一生変わらなかった。私も子供の頃化粧する母が面白くてたまんなかった。最後に口紅をつけて口をむすんで「ムッパッ」とすると別人の母が仕上がるのだ。でもあの昭和十年くらいの母の写真を見るとかすかな違和感を感じた。

父と母は結婚式をやっていない。母は正気の間、それをずっとうらんでいた。父の赴任が急に決まって、母があとで追いかけた形になって、別に身分の差があって親の反対があったわけではない。

多分その頃恋愛結婚は、めずらしく進んだものだったらしいが、母は見合い結婚には不利の条件をかかえていた。

それは叔母も同じだったと思う。母は不利な条件を無いものにした。叔母はその条件を全《すべ》て飲んで、その条件と人生を共にした。

子供の頃、母と叔母がけんかすると母は「わたしはこーんな大きな家に住んで、あんたなんか勝手口からしか入れないよ」と必ず云ったそうだ。母は丸いぽってりした顔をして、叔母はコカ・コーラの瓶みたいに長い顔をしていたが、全くそっくりなのだった。

そして同じ地上の南と北に立っている様に、極端に違う性質をしていた。

私は叔母になじんだ。

終戦して戦後、化粧品など無くなった。しかし母は常に口紅をさしていた。ふとん皮で作った縞《しま》のもんぺの上下を着て、田んぼの真ん中に住んでいた時も、ひびわれた鏡の前でムッパッパッとやっていた。黒い小さな口紅だった。あとでミッチェルの口紅だとわかったが、私には永遠になくならない魔法の口紅の様な気がした。

私の姉妹で集まると、必ず不思議なこととして、母たちのことを「あの人たち、あんな顔しているくせに、容貌《ようぼう》のコンプレックス全然ない。何故《なぜ》か」という話題になる。妹は「母さんの顔は、昭和の初期に流行《はや》った顔だったんだ」と云う。そう云えば、丸顔で、首から胸をむっちり出した女がワイングラスを持っている有名なワインのポスターがある。

「似ているって云や似てるけど、ただむっちりしてりゃあいいってもんでもないよ」「だから、違いのわかんない田舎者の父さんが、むっちりしているのが東京の美人と思っちまったんだよ」「じゃあ、叔母さんは？　やせてて背が高くて顔はからかさすぼめた様なのに」「あれは男にもてるって思っているんだよ。男も苦労したと思うよ。だってほめるとこないと部分をほめるじゃん。『私は白目が光るのよ。それが色っぽいと云われた』って云ってたよ」「白目をほめるっての初めてきいたよネ」「あの叔母さん、長い顔して頭のうしろ絶壁じゃん、しぶい男がいたんだよね。『良子さんは頭のかっこがいい』って云ったらしいよ。見えないとこほめるのすごくない」「でも今でも叔母さん頭のかっこいいと思っているよ」「あの二人は客観性つーものないのかね。叔母さんの口は加藤清正くらいでかいよ、顔の半分口じゃん」「でもブスなのに自分はいけるって思った一生の方がずっと幸せだよね」「ンダンダ」

時々母が上京して来ると玄関わきのたたみの部屋に寝起きしていた。息子が「おばあちゃんの部屋おばあちゃんくさい」と云った。「おばあちゃんって何の匂《にお》いよ」「おしろいくさい」

何日か居ると、必ずけんかになった。母は「あんた、自分の云った事、必ず自分の報いになるわよ」と云ってティッシュで鼻をかんで、涙もふいて、たたみの部屋に入った。いつまでも出て来ないと私も気分がよくなくて「ちょっと、おばあちゃん見てきて」と子供に云うと、帰ってきて「何してた？」「お化粧してた」母にとっての化粧というものは、生存そのものなのかと思った。

母の呆《ぼ》けがずいぶん進んだなと思ったのは、私の家に来て半年くらいたった頃だった。

同じ口紅の新品が二本あった。下の妹が「母さん化粧品屋でだまされている」と云う。出て行く時、一万円札財布に入れてって、帰ってくると千円位しかない、変だと思う。「他のものも買ったんじゃない」「ううん、私豆腐屋に行っている間に化粧品屋しか行かなかったもん」

あとをつけた事がある。化粧水を買いに行くのを外で待っていた。硬貨しかおつりがなかった。私は入っていって「あの、母一万円出したと思うんですけど」と云うと、オヤジは黙って五千円をレジの上にたたきつけた。お金の事はしっかりしていた母さんが、だまされた事も知らずに買い物していると思った時、本当に何か気落ちがした。

今はもう誰も知り合いの居ない東京の街で、銀ブラ、資生堂パーラーは消えちまったのだ。

母はその頃足の関節に水がたまって、痛いらしかった。清水では時々水を抜いてもらって湿布をしていた。ほんの近くに整形外科医があって、家の玄関を出て真《ま》っ直《す》ぐに四軒目くらいだった。「近くてよかった」と母も云っていたが、ある日、うちの角で、母がぼうっと立っていた。いつまでも立っている。母は家の前で迷子になっていた。

母が来た時、私は車輪のついた買い物車を買った。ふたをしめると椅子《いす》代わりになる。「あっちに行くと公園があって桜が咲いてるよ。これ押して散歩に行くといい」「嫌よ、まるで年寄りみたいじゃないの」母は一度も使わなかった。「アンタは年寄りなんだヨウ」と云いたかったが、まだ見栄《みえ》を張れたんだ。

老人ホームに移った時は、まだまだ大丈夫だった。何人かで散歩にも行っているようだった。夕食にはドレスアップをしてネックレスをつけたり、ばっちり化粧していた。

家で一人でポツネンとしている時より張り合いがある様だった。小ぎれいなばあさんだった。美容院に妹が連れて行って毛も染めていた。二十六室しかない、こぢんまりした環境の良い施設だった。母がホームの花の植木鉢の前で、私の車が見えなくなるまで立っている時は嫌だった。私は姥《うば》をうば捨て山に捨てた娘になった。

隣の部屋の人とすぐ親しくなった。行くといつも隣の佐藤さんとお茶をのんで楽しそうだった。佐藤さんは「息子がオランダに行っているものですから、中々来られないんですよ、アムステルダム」「あ、私も行ったことあります」と母は云っていた。

母さんアムステルダムなんか行ったことないよ、と思うが、私には呆けだか、見栄だかわからなかった。次の時、佐藤さんは「娘がアメリカに居るものだから」これも私には呆けだか、見栄だかわからないのだった。佐藤さんも母も同じ年で、母より佐藤さんの方が多少しっかりしている様に思えた。

しばらくして母のところに居た時、「佐野さん、佐藤ですけど、入っていいかしら」と扉のところで声がした。すると母は顔をしかめて手を顔の前で振って、「寝てる、寝てると云ってちょうだい」と云った。「佐藤さん、母さん寝ちゃったよ」と扉を少しあけて云った。「あ、そう」佐藤さんはうしろ向きになって歩き出した。私はその後ろ姿に胸をつかれた。ここに居る人は誰でも、みんな同じ後ろ姿をしているのだ。「もうしょっちゅうなのよ、うるさくて仕方ない。自慢ばっかかして」母さん、あんただって、嘘《うそ》までついて自慢ばっかかしてるじゃないか。でも人の自慢はわかるんだ。それとも女の一生は、見栄と自慢を心棒にして、互いにそしらぬ顔して社交するものなのだろうか。

母さんの洋服ダンスをあけると明るい派手な洋服がびっしりつってある。小だんすの中はブラウスやセーターがていねいにたたんで並べてある。整理整頓《せいとん》が上手な人だった。

三面鏡の中には、私の五倍位の化粧品が並んでいる。食堂に行く度に三面鏡の前で化粧をし直していた。

母はお金の事は全然わからなくなっていた。痴呆《ちほう》の人が必ず通過する、自分の預金通帳がなくなったとさわぐ事もなかった。

いつだって母は身づくろいはちゃんとしていた。そして実に凡庸な趣味だった。

母がまだ元気だったころ、娘三人に「あんたたち、私が死んだら、着物の取り合いするんでしょうねェ」と嬉《うれ》しそうに云った事があった。私は黙っていたが「かんべんして欲しい。お金つけてもらっても要らないよ」と思ったが、今思うと、母は自分に似合うものを着ていたのだ。

ホームから帰る時、私はいつも落ち込んだ。うば捨て山を見学に行った様な気分になった。自分の老後のために貯《た》め込んだ金を洗いざらいはがし、毎月、私の生活費以上のものを払い込んでいるとんでもなく金がかかるうば捨て山なのだ。

しかし、それ以外に道はなかった。

私は私以外に親にこんなに多額の身銭を切った人を知らない。この施設の人は自分の財産がある人で、子供が費用を払っているのは私だけだと事務の人が云っていた。

それは私の母への憎しみの代償だと思っていた。

叔母が「洋子ちゃん、親孝行ね。姉さん幸せだわ」と云ったが、「じゃあ、叔母さん、太郎ちゃんがお金出してくれたら、母さんの隣の部屋に死ぬまで住む？」と云ったら笑い出し、「いやだわね」と云った。それが人間の本心だと私だってわかっていた。

私が母を愛していたら、私は身銭を切らなくても平気だったかも知れない。大部屋で転がされていた、私が知っている特養に入れても良心はとがめなかったかも知れない。私は母を愛さなかったという負い目のために、最上級のホームを選ばざるを得なかった。

痴呆はゆきつもどりつしかし確かに進んでいった。

ある日、母の顔が変だった。

そばで見ると、まゆ毛が六本も八本も描いてあった。母は化粧した事も六回も八回も忘れていたのだ。

3

私が母さんは実は気の小さい自信のない人ではないかと初めて気が付いたのは、七十七歳の時ヨーロッパ旅行に連れていった時だった。

母さんは遊び好きで、よく旅行をしていたと思う。思うというのは、一緒に暮していなかったからである。そういう写真が山程あって、私の知らない人達との記念写真の様なものが、ごっそりあるからだ。どういう仲間なのか、私は知ろうとも思わなかった。母さんに興味が全然ないからだった。

知らない間に中国に行っていた。台湾にも行っていた。イタリア旅行も申し込んでいた。イタリア旅行は何かの理由で中止になった。でもヨーロッパにも行くつもりだったらしいが、一人でとっとと行く自立性まではなくて仲間が必要な人だったのだ。

母さんは北京にいた時が、一番幸せだっただろうと思う。

家の中の板の間にスベリ台があった。庭で兄がイギリス製のおもちゃのオープンカーにのっている写真がある。父さんは砂場も作った。ぶらんこも作ってくれた。落ちない様に箱型になっていた。やたらに器用な人だったのだ。お手伝いさんも居た。

私の洋服は多分全部父が買ってくれたと思う。何故かと云《い》うと母と趣味が違うのである。黒地に小さな赤い水玉があるウールのワンピースなど母の趣味にはない。母は二十代の後半だった。多分母の洋服も父が買ったのか注文したのだと思う。支那服をいくつか着ていたが、一つはグレーのチェックだった。私は今あれを着たい。

我が家も植民地を支配した「ワルモン」の生活をしていたのだ。

私の幼年時代の記憶の初めは、泥塀に囲まれた子供の自動車が走り回れる中国式の家の庭だった。口袋胡同《コータイフートンコウ》甲16号という番地は覚えている。母は「足かけ七年」と云っていたが、まるまるは五年半位だと思う。多分まだ父と母にとって新婚時代の続きだった。私はその頃父と母がけんかをしたのは一回しか知らない。母は子供にヒステリーなどおこさず、私は母に叱《しか》られた覚えはない。

私は毎日二つ年上の兄とシャム双生児みたいにひっついて、それが生活の全《すべ》てだった。しかし私は母に抱かれたことはなかった。そういうものだと思っていた。うっすらと感じたのは母は兄を溺愛《できあい》し、父が私を好いているということだった。

それは兄と私の生活に何の影も落していなかった。その間に弟が生れ、もう一人の弟も生れた。もう一人の弟は生れて三十三日目に家で鼻からカスの入ったコーヒーみたいなものを出して死んだ。私の目の前でコーヒーまがいのものを流した。何で小さな私が三十三日目を覚えているかというと、葬式の日に母が泣きながら一人一人に「三十三日目でした」と云ったからだ。

終戦の年の三月父の転勤で大連に移った。敗戦のあと二年ひどい生活になったが、私は大人になって中国に行ける様になっても「ワルモン」の生活をしていたという意識となつかしさがからまって、複雑すぎる気持で行けなかった。しかし母は行ける様になったらさっさと行った。私は母さんらしい神経だと思った。

中華人民共和国は、母を満足させたかどうか知らない。

とにかく北京の生活が母の自慢の種ではあった。私はそれを他人に云っている口をすぼめて気取っている母を恥かしく思った。思うだけだった。私と母は大人になってからほとんど会話というものをしなかった。しても仕方がないとずーっと私は思っていたし、したくなかったのだ。

何を云っても「そんな事ないわよ」とわめかれた。

上の妹は要領よくたちまわり、下の妹は母に支配される事で生きようとした。

私は母の前に仁王《におう》立ちになり、心の中では馬鹿《ばか》な侍の様にやりを持ってかまえていた。馬鹿な侍でも年を取りながら母親というものを愛せない自分に罪の意識があった。一番平穏だったのは私が結婚して間が疎遠《そえん》になっていた二十年間位だっただろう。私は母の日に毎年着物の反物を送った。今考えると、母の趣味ではなく私の趣味で、単なる自己満足だった。気が付いたら母は私のあげた着物をほとんど着なかった。もっとあとで知ったが人にやってしまっていた。

娘たちに会うと、親孝行の他人の娘の話をした。××さんの娘は母親の歌集を作ってくれたんだって。温泉に連れていってくれるんだって。

陰で娘たちは「よく云うよ」と笑った。

それでも私は母が六十になった時、妹に「お母さんの歌集作ってあげようか」と相談すると「やだよ、あんな下手くそな歌、恥かしくて気絶するよ」とにべもなく却下された。今思うと私一人でも恥かしくても作っておけばよかったと思う。

母が七十七になった時、私は母をヨーロッパ旅行に連れて行こうと思った。奈良に住む上の妹に相談すると、「やだよ、母さんとずーっといるなんて、私は行かないよ」と少しお金を送ってくれた。下の妹は一緒に行くと云った。私は二人っきりになりたくなかったのだ。下の妹にも断られたら、私は行かなかったと思う。

母は何度も電話をかけて来た。「ねェ、靴なんだっけ」「リーボック」「え、ニーナニ」「リーボック」母は珍しくしおらしく素直だった。十五日間位のロマンチック街道を通ってパリまで行くパック旅行だった。けっこう高かったが、私のうしろめたさの代償だった。

季節は十月で、ロマンチック街道はそれは美しく、お城が紅葉の中にたち現れ消え、立ち現れては消えた。母は手帳を出してバスが止まる街ごとに「え、ここ何て街？」「ハイデルベルグ」「ハイハイナニ」「ハイデルベルグ!!」へー母さん真面目《まじめ》なんだ。律気《りちぎ》に手帳にカタカナを書いていた。どんな小さな街の名も書いていた。もしかしたらあの時母は自分の記憶に自信がなくなりかけていたんではないかと思う。

母は同じグループの人達とすぐ友達になった。社交的で明るいのが長所だった。友達になるとすぐ口をすぼめて「娘がお祝いに……」と自慢するのだった。「まあ、親孝行でいらっしゃるのね」私は旅行中不機嫌にズボンに両手をつっこんで母と離れてさっさと歩き、妹が実に演劇的に優しい娘を演じてくれる。妹は何故《なぜ》か人が居る所でことさらテレビの中みたいな優しい人をやってくれるのだ。

同じグループの人は不思議で面白かっただろう。姉はいばりくさって肩をゆらして母親と話をするでもなく、妹だけが、何やかやと世話をし、歩く時は腕を組んで「あそこ石があるから」とか「大丈夫？」とかやっているのだ。それに見かけも妹は背がひくく、私より美人で他人に愛想がよかった。感じがよいのだ。

そして妹は夜になるとくたくたに疲れてイライラした。

母は夕食の時にはバッチリ化粧をし、ネックレスをつけ、花柄のワンピースを着て、ちゃんとハイヒールも持って来ていた。

そしてちんまりと座り、ナイフとフォークをそれはうぶに使い、まるで小さな行儀のよい女の子の様だった。少しオドオドしていた様で、私は初めてそういう母さんを見た。

もしかしてこの人、本当には強くない人なのだろうか。

私は奈良の妹に度々絵はがきを出した。すると母も私のとなりで絵はがきを書いた。私は母が誰に何を書いているのか知ろうともしなかった。妹へのはがきの終りに、私はかならず「お母さんは良い子です」と書いた。

時々母に「ミーコに出すけど、母さんも半分書く？」ときくと「そうね」と云って、ぐねぐねした変体がなでやたら感傷的な文章を書き「母より」と書いた。母の手紙はいつも感傷的で芝居がかっていた。手紙で人が変った様になるのだ。不気味だった。

というより気色が悪かった。そしてしめくくりの「母より」という文字で芝居は絶好調のラストシーンになった。

妹が「私母さんの手紙の『母より』って字を見るのが、すごーく嫌だ、気持ちが悪い」と云ったので、「えーあんたも。やだね、あの『母より』って字見ると手紙読みたくなくなる」そして読まない時もあった。絵はがきの「母より」のあとに私は大きな字で、又、「母さんはいい子です」とだけ書いて切手を貼《は》ってしゃれた外国のポストに入れたりした。

バスはスイスに入り、まるでアルプスの少女ハイジの舞台のような所に来た。小じゃれた小さなホテルが、山の中腹に建っていて、そこに泊った。ホテルの前を少し降りるとまっ青な空の下にアルプスが白い雪をのせて大変な迫力で横たわり、ずっとスロープになった草原に羊が散っていた。羊飼いも遠くにいてその向うにかわいい家も見えた。まるで絵である。通俗的すぎる程のアルプスの少女ハイジの風景だった。

母が横に立って息をのんでいた。

「あー、わたし、ここが、一番好きだわ、あー、本当に。まあ」しばらくして、「あー幸せだわ、もう死んでもいい」と云った。

そうか、やっぱり連れて来てよかったと私は不機嫌な顔のままその時思った。

あの時、本当に母さんは瞬間幸せだったのだろう。

旅行の間中、西洋料理をおとなしく純情そうに食って不平も文句も云わなかった。かあさんはいい子です。

そして、初めて具体的に「あれっ、もしかしたら」という小さな事件がおこった。バスに乗っている時、母は何かをさがしてゴソゴソしていたが、突然「車止めてちょうだい。すぐ止めて」と叫んだ。「どうしたの」「いいから止めて」バスガイドは困っていたが、母のただならぬ迫力に、車を止めた。街中だったのかホテルを出てすぐだったのかよく覚えていない。母は「降ろして荷物のところあけて」と云った。太った毛むくじゃらのドイツ人の運転手が降りて来て、バスの横っぱらをあけてくれた。母は路上で自分のトランクをあけた。大変きれいに荷物が整理されていた。「あった」化粧ポーチだった。それをつかむとトランクを閉めてスタスタとバスの中に入って来た。バスの中の人達も驚いていた。私と妹は怒っていた。

そう云えばホテルで、母は何度も何度も荷物を入れたり出したりしていた。あの時母はもうはっきりと自分の記憶に自信がなくなりかけていたのじゃないだろうか。その時私はおとなしくしていた母に突然、いつものフツーの強引な地が出たのだと思った。肝っ玉の小さい妹のイライラは、その時頂点に達したのかもしれない。

終点はパリだった。ホテルはリッツだった。リッツは日本人のバスは裏口につけ裏口から入れるときいていたが本当だった。

私は頭に血がのぼったが、母は従順な犬のように神妙に裏口から入って行った。最後のホテルだった。夕食を母は食べないと言った。そしてトランクの中からごはんのパックと梅干しと昆布のつくだにを出した。

「えっそんなもの持っていたの」私達は驚いた。椅子《いす》の上に両足をなげ出し、「あーかたくるしかった」母はお湯でお茶漬を作り「アッハハ、日本人はやっぱこれよねエ」と実に嬉《うれ》しそうにサラサラかっこんだ。

私はその時同居していた人と息子とパリで落ち合いそのあとモロッコに行く予定で、ホテルで母と妹と別れた。

帰りのヒコーキの中で母は完全に地に戻ったらしかった。妹は成田でひっくり返って医務室に運ばれたとあとできいた。妹に申し訳ないと思っている。私が不機嫌にズボンに手をつっこんで、肩をゆらして母から離れて歩いたからだ。妹は嫌でも笑顔で対処してしまう性質《たち》の人だった。

母さんの頭の中には何があるのだろう。

もう二年位前云った。私をさわりながら「洋子あんた生きてるの。私とあなたの間には、いることも、いらないこともあったわねェ」

4

父が死んだのは私が十九歳の一月一日だった。二年寝たきりだったが、何の病気だか、最後までわからなかった。

ただ疲れてやせてやせてほとんどガイコツになって死んだ。アウシュビッツのユダヤ人の死体に似ていた。昏睡《こんすい》状態に一日半位なっていたが、それまで自分でトイレに行っていた。私は浪人中で二月が試験だった。冬休みに帰ったが、父を見た瞬間にあー死ぬと思った。目が茶色く透き通っていた。私を待っていたんだと思った。

父は私の実力以上のものを私の中に見ようとしていた。私には荷が重かったが、私は父が敷いたレールの上を歩いていた。その頃、女で大学に行くものも非常に少なかったが、浪人するものは更に少なかった。今は知らないが、その頃芸大のデザイン科は非常に競争率が高かった。浪人が当り前だった。父の頭の中には芸大一本しかなかった。

もう声も出なくなっていた父は、私の目だけを見ていたが、父の目は「芸大に入れよ。今年は大丈夫だな」というメッセージだけしか発していないとその時は感じた。

そして大晦日《おおみそか》の夜中の二時に父は死んだ。父方の従兄《いとこ》と私が側《そば》についていて、隣の部屋で医者が仮眠をとっていた。父が死んだ瞬間私は何を思ったか。ホッとした、あーこれで今年芸大に落ちても気が楽だ。

まるで映画のように母がまろび出て来て、父にのしかかり「アータ、アータ、アータ」と絶叫した。「あなた」と云《い》っているつもりだった。まるで芝居で、芝居以上だ。でも芝居ではなかった。後で叔母が「私が笑いをこらえてたの知ってた?」と云った。人は最も厳粛な瞬間何故か笑いたくなる。「アータ、アータ」でも芝居ではなかった。

誰も父が助かると思っていなかった。母も毎日今か今かと不安だったと思う。十九の私の下に三人も子供が育ちきれないでいた。下の妹は七歳だった。人が集まって来た。これから先どうなるのだろう。家族よりも周りの人がどうなるのか心配だっただろう。集まった人の一人が「お前、大学に行くな、働け」と短く云った。家も官舎の子沢山の地方公務員の父に金があるはずはなかった。

葬式がすんで、一週間目に母が「あなたは、帰りなさい」と云った。貧乏な予備校の同窓生大勢から沢山の手紙とささやかな香典がとどいた。母が、「いい友達だわね」と云った。これは今思い出したのだ。あー母が肯定的なことを云ったこともあったのだ。それと「帰りなさい」とどういう関係があったのか、今もわからない。母は私と一緒に暮すことに耐えられないとわかっていたのではないかとその時は思った。もう父が居なくなった家で、私は母の手におえない娘になっていたのは確かだ。父の遺志だったのだろうか。

あとで母が云っていたが、父は母に未亡人教育をしていた。未亡人には二通りあるそうで、一つはめそめそして未亡人が顔に出るタイプで、もう一方は、力をふりしぼってがんばるタイプだそうだ。それから多分母は負けん気と見栄《みえ》で、この世を乗り切ろうとしたのだと思う。父が教育しなくても母はそうなっていたろう。

一週間たたない内に、私と二人っきりになった時、「あのね、悪いんだけど、父さんが死んだら頭の上の石がとれたみたいなのよ」と母としては、実感のこもった言葉をはいた。

私はそうなんだ、そうだろうなあと素直に思えた。私だってほっとしたんだ。死んで嬉しいのではない、母も私も。

高校生だった弟は、父が死んだ時は、汚いこぶしで顔中をぐりぐり涙をまぜ返していたが、私は弟を見て、「あんた父さんが死んで本当によかったね」と心の中でしみじみ思った。「あんた偉いわ、よく涙が出るね、あんないじめられたのに」父には一種残酷な狂気があった。そしてそれが弟に集中した。父にとって家の子は全《すべ》て秀才である事が当然だったのだ。弟は辛抱強く耐え、ぐれる事も出来ないのだった。弟は動物に心を寄せた。せきせいいんこを大事に優しくめんどうを見た。どんどん増えてきた。父がまだ元気で弟は小学五、六年生のころだった。父はどでかい鳥小屋を庭に作った。金あみが張ってあり、弟は懸命に手伝おうとして、そのたびにどじをふみ、父ははげしくののしるのだった。

「だから、馬鹿《ばか》なんだ、どけ!!」「馬鹿め」弟は泣いていた。でも嬉しいのだ。出来上ると、父は晴ればれと「これで何百匹になっても大丈夫だ」弟はそれから毎日夜暗くなるまで、鳥小屋にいた。鳥の青や黄色の羽がパタパタ動き回るそこだけ小さな天国に見えた。

台風が来た。朝になったらとんでもなく空が青かった。弟が顔色を変えた。大きな鳥小屋がひっくり返っていた。

ひっくり返った鳥小屋の中に入り込んで、上の方に弟は空しく手をのばしていた。

一羽も残っているはずはなかった。父は「馬鹿野郎、飛んでいかない鳥がいると思うのか」風でひっくり返るような鳥小屋を作った父さんが悪い。

死んだ次の日に弟の日記が机の上にひろげてあった。

「僕は父さんが死んでうれしい」と一行書いてあった。

私は母より父を愛していたが、弟のために本当に死んでよかったと、下手な弟の字が切なかった。

私は東京に戻り、受験をして失敗し、失敗した人達が行く学校に行った。それっきり私は家を離れた。

母は生涯で一番ふるい立ち、傷つき戦った日々だったと思う。平凡な主婦だった母が市立母子寮の寮母になった。年配の男の寮長がいたが、しばらくすると母が寮長になっていた。

「あんなの、何の役にも立たない」

母は愚痴をこぼしたが、何の相談もうけた事はない。何一つ意見が合わない私は、母にとって邪魔だったろうし、私は現実的に何の力もなかった。

「父さんと渡辺《わたなべ》先生はもしかしたらホモだったんじゃないか」妹と私は大人になって

から父の古い友人である先生の事を度々話すことがある。
「まさかホモじゃないけど、男が男に惚《ほ》れるって、ナマもの見たのあれだけだよね」「私さあ、父さんが死んで先生が仏壇の前で、『サノリイチイ、何故死んだア』って大声で泣いた時、死んだ父さんよりも先生がかわいそうだったよ」「でも姉ちゃん、その時クスクス笑っていたじゃん」「だってでっかいこぶしが真横に行ったり来たりするんだもん」「私、先生の声があんま大きかったからただ驚いてポカンとしてたよ」「私、小母《おば》さんが父さんにやきもちやいているみたいに思う事あったよ」「あの先生が居なかったら私達、大学なんか行けなかったよね」

先生がどういう組織力を行使したか知らないが、父の中学、浦高、東大、満鉄、職場、父の生徒たち、その他あらゆる人脈から、私たちの奨学金を集めまくってくれたのだ。それがどれ位だったかわからない。わからなかったが、私は自分が大学に行ける身分でなかったことだけはわかっていた。先生は体がでかく声がでかく顔がでかく、その上に波うつ毛が大量に乗っかっていた。酔っぱらうとドイツ語で「ぼだい樹」をうたった。先生は父よりも慈愛に満ちた目で、一生私を見てくれた。

先生が死ぬ二年くらい前、訪ねた時、「洋子ちゃん、僕、バカになってしまったよ」呆《ぼ》け始めていたのだ。呆け始めにバカになったと自分で云った人は先生だけだった。

その時の切なさは、父の思いが私に遺伝子として残ったのではないかと思う。私も先生に惚れていた。男としても人間としても夫としても父としても。うり二つが現れたら、私は嫁に行きたい。今気が付いた。六十七になって理想の男がわかった。

上の妹も大学受験になると、何とかして母の側から離れたい一心で、京都の大学に行った。下の妹も地元の保母学校を卒業した時、母の元を離れたがっていたが、母に立ち向かうには肝っ玉が小さすぎた。母は云いなりになる妹を手許《てもと》に置きたがったのだろう。上の妹がバットマンの様に舞い降り、妹を母から救い出そうとした。泣いて大さわぎの修羅場で肝っ玉の小さなお姫様は「やめて、やめて、けんかするなら、私はいい」と泣き出し、やる気まんまんのバットマンはあとで、「ったく、あの子はいつでもそうなんだから」と云っていたが、結局下の妹も母の元を離れた。かわいそうな母さん。

母の元には、弟が残った。

父が死んで六年目位の時、私が知らない間に母は家を建てた。一坪の土地も持たずに死んだ父だった。母は父が死んだあと土地を買っていたが誰も知らなかった。家を建てる時、その土地の半分を売って家を建てたとだんだんわかった。やるもんだと私は感心した。

　しかし、私も妹たちも、その金の出所を母に聞いたことはない。聞くのが少なくとも私はこわかった。もしかして先生が、かき集めてくれた金だったら、私は恐しかった。今でもなぞである。そして私は今でも真実を直視出来ない。もしかしたら父も保険位入っていたのかも知れない。

　きっとそうだ、そうだよね。

　退職金だってあったよね、うんそうだ。

　いずれにしても母には執着と自負に満ちた家だったと思う。

　二十年なじんだあと、母は自分の家を嫁に追い出された。

　弟が結婚してから母は嫁の悪口を電話で長々と延々と話すようになった。その為《ため》に上京してくる事もあった。奈良の妹のところも同じだった。私達は聞く耳を持たなかった。実の娘三人が逃げ出したんだ、嫁さんはさぞかし大変だろうと思った。弟も間に入って苦労しているだろう。

　母が定年になってからは、どんどんエスカレートして行った。

　もううんざりだった。

　ある時、母は家に来て、娘達に招集をかけた。奈良から妹も来た。私は家を三十五年ローンで建てたばっかりだった。一年位前に離婚もしていた。

母はぐるりと娘たちを目の前にして、「私は老人ホームに入ることにきめたの」場所も特定してあった。

私は、「あと六畳位は建て増しが出来るから家に来たら」と云うと、「あんたのところお客が多いから、玄関も台所も別にしてくれなきゃ嫌よ。私にもプライバシーがあるもの」私はあきれた。

「だって、母さん家族だもん、一緒に住めばいいじゃないの、ごはんなんかも一緒に作ってさ」母は目をむいた。「あんた、年寄りを家政婦代りにするわけ？」年寄りと云っても六十を少しばかり出たところである。

奈良の妹も団地から割合い大きな家に引っ越したばかりだった。「母さん、奈良に来たら？　一つ部屋があるから」母は云った。「嫌よ、あんたのところのダンナ、鬱《うっ》陶《とう》しいもの」妹も黙った。

「とにかく老人ホームに入るの、あと四〇〇万円足りないの」「本当にいいのね」「いいの。決めたんだから」私たちは三人で二階にかけ上がり、一分もたたないうちにお金の分配が出来た。ダダッと降りて「母さん安心しな、お金は大丈夫だよ」と云ったとたん母はワーッと泣き出した。「この年になって、娘に老人ホームに入れられるなんて……」私達は呆然《ぼうぜん》と立ったまんまだった。

次の日十二歳の息子が云った。「おばあちゃんは引きとめてほしかったんだよ」

昨日母さんはむこう向きに寝ていた。目の下に黒くくまが出来ていた。「母さん」と顔のそばで云うと、ジロッと目だけ動かして「あんた、顔が大きすぎるわ」すいません。向こうを向いたまま「行きましょうか」と云った。「どこへ」「私の家の横でいいの」

5

　終戦の年母は三十一歳だったと思う。三十一で五人の子持ちだったのだ。兄ヒサシ九歳、私七歳、ヒロシ四歳、タダシ二歳、お腹《なか》の中の妹である。

　いくら生めよ殖やせよの時代とはいえ、引き揚げ船に乗る収容所で、五人の子供がいるのは我が家だけだった。不気味だが、食うものもない外地の戦後に又一人仕込み下の妹が生れた。母は引き揚げの時、妊娠していたとあとで聞いた。私は父がどういう人だか理解に苦しむ。徴兵検査で丙種で、骨と皮ばかりのやせこけていた父だ。あれはけだものか。けだものだったのかも知れない。

　歩ける四人の子供は皆同じ手袋を首から吊《つ》っていた。兄の手袋は母が編み、八歳の私があと三つ作った。母が教えると私はせっせと喜んで手袋を編んだ。八歳で私は神童かと思う。私は多分幼年時代に全《すべ》ての良い資質を使い果したのではないか。働き者で従順だった。ぐずった事は一度しかない。

勇気があって辛抱強く気がきいて、例えば父がまだ煙草《たばこ》をとり出さないうちに灰皿を持って走る子だった。口答えした事もない。

例えば夜真っ暗になってから南京豆《なんきんまめ》を一人で買いに行った。私は目をつぶって行った。外は時折りよっぱらったソ連兵の声がするだけで、日本人など一人も歩いていない。私はまるで前線の兵隊みたいだったと思う。命令されたら命でも落したのではないか。

もっと小さな時は、新聞と云《い》われればインクの匂《にお》いをかいで、今日の新聞をさし出すのだった。あの頃の母はおだやかだった。健気《けなげ》な子だったのだ。両親は何故《なぜ》兄でなく私を伝令みたいに選んだのだろう。

引き揚げ船の中で私は四歳の弟の係りだった。貨物船だった。船底にびっしりと人間と荷物がすき間なくつまっていたが、トイレは甲板にしかなかった。私は弟の手をつかんで人と荷物をかきわけ、ほとんどなわばしごの様なぶらぶらゆれる階段をのぼり、つるんつるんの氷のつみ上った甲板をすべらないようにソロソロ歩いて、トイレの中ではおしりを丸出しにした弟を前に抱いて用を足した。

この弟が強者《つわもの》だった。一言も泣き声を出さなかった。まゆ毛につむじがあって、子供の西郷隆盛《たかもり》のようだった。口を引きむすんで無口な子供だった。今でもつないだ小さな手のやわらかな感触だけを覚えている。

何故兄ではなく私だったのだろう。

私には終戦後の外地の混乱の二年でさえ光の粉が降りそそいでいたように思える。

母が呆けて、大部分の記憶を失ってから、私は気が付いた。小型の西郷隆盛タダシの事を覚えているのは、この世で私だけなのだった。兄は引き揚げた次の年に死に、タダシは引き揚げて三ヶ月で死んだ。妹たちには記憶がない。赤ん坊だったり、まだ生れていなかったのだ。

死ぬ二日前、父の実家のかいこ部屋で、上の弟ヒロシが死にそうな熱を出していた。

私はタダシを遊ばせに田んぼに出ていた。天気の良い五月だった。前の日までタダシは帽子に田んぼのお玉じゃくしを入れると喜んで笑った。その日は石にすわったままめずらしくぐずっていた。帰りたがった。私は強くタダシの手をひっぱった。せっかくお玉じゃくしを沢山入れてやったのに。二日後タダシは小さな死体だった。

死んだ日、台所に親戚《しんせき》の小母さん達が集まって、「てっきりヒロシだと思っただよう」と云っていた。

母がタダシの死を歎《なげ》き悲しんだ事は私の記憶にない。葬式の日でさえ、もう一人の弟がまだ死にそうだったのだ。

母さん三十三歳。

一人死んでもまだ四人の子供が居た。父さんは職がない。

母さん三十三歳。

父と母は争うようになった。父は本郷に家を買っていた。多分外地のワルモン時代にいつか日本にもどる日のために余裕があったのだろう。その家には父の実家の長兄の娘夫婦が住んでいた。父は七男である。母は長兄の娘夫婦に出ていってもらい、当然東京に戻るつもりでいた。父はそれを長兄に云えないのだった。

父が死んだあと母は「あの父さんが、何で、義兄《にい》さんに云えなかったのかねェ。あれだけはわかんないわ」と何度も何度も云った。父は東京に職がいくつかあったが住む家がないのだった。

妹と私は大人になってから「田舎は長男だけが人間であとは犬畜生なんだよ。おまけにあの伯父さんは死ぬまで悪党だったよ」と云い合うが、私もナマの悪党は伯父をもって最高となしたと思う。それが、まるで児玉源太郎のような立派な風体なのだ。

村長だか何だかやっていたらしいが、私は電車にタダで乗る人と思っていた。改札口でそっくり返ってケエエとせきばらいをするだけなのだ。

父が死んですぐ、絶縁状が毛筆で来た。テテナシ子四人の一家から、何か泣きつかれると困ると思ったのだろう。学生時代左翼で特高につけねらわれていたと云う父が、長男の伯父に何も云えなかったのだ。父は死ぬまで「俺が死んだら、兄貴が山の材木切って家の材料位出してくれるだろう」と云っていた。昏睡《こんすい》からさめると、「兄貴はまだか」と空《むな》しく手をさしのべているようだったが、伯父は父が死んだのを確かめてから来た。

かわいそうな父さん。五十歳。

私十九歳、下の妹七歳。

母さん四十二歳。

大人になっても天気のいい五月に、私は度々田んぼのわきにぐたりとしゃがんでいたタダシを思い出し、手をつよく引っぱった事はとり返しのつかない悔いになった。ある五月、突然に私は小さな仏壇を買いに走った。泣き止《や》まれなかったのだ。チーンとたたくかねも線香立ても買ったが、位牌《いはい》は老人ホームにあったし、仏壇の中はガラン洞だった。

タダシは一枚の写真もないのだ。

タダシは家にあった犬のおもちゃとミニカーを入れたが、ますますガラン洞に思えた。いつか、小さなかわいい仏像を彫ってあげよう、まゆ毛につむじのある仁王《におう》さまの様な仏様を私が作ってあげるからね、と思って十年以上もたってしまった。

母さんは今日は椅子《いす》に坐《すわ》ってぼうっとしていた。側に行って頭をなでてやった。「かあさんかわいいね」母さんは私の手をにぎってほっぺたをぎゅうぎゅう押しつけて来て云った。「私はね、あなたのような姉さんが欲しい」私もう姉さんにはあきているんだよ。私は云った。「私はあんたのような母さんが欲しい」「あははは……。わかんないものね」母さんは笑った。

終戦は全てを変えた。飢餓と貧困のせいばかりでなく、突然に日本人はその本質を失った、と私は思う。父は隠者のように生きようとしたのかも知れない。引き揚げの時四十歳だったと思うが、きっとませた四十だったんだ。上京することをすっぱりあきらめて、高校の教師で生涯を終えた。四十にして枯れようと努力していた様に思う。

母も変った。父に口答えをする事が多くなり食卓は嫌な空気になって行った。多分それは兄の死が境だったのではないか。

父の実家から少し離れた、家の四軒しかない村落に移った。タダシの死んだ次の年の六月の大雨の日に兄が死んだ。死ぬ前の日には熱で脳が壊れたのが子供の私にもわかった。

私は兄をずっと見ていた。父がひざをかかえて、もうバカになってしまって手をバタバタさせる兄を見ていた。目がドロンと焦点が合っていない。父は狂っている。私にきいたのだ。「お前、こうなったらどうする」なみだがうすく私の目に張った。「死ぬ」私は答えた。私は兄さんが死んだ方がましだと思ったのだ。バカになってしまった兄さんはもう兄さんじゃない。しかし何という事を云う父さんだ。私のなみだはこぼれないままひいていった。

タダシが死んだ時と今度は、父と母の反応は全然ちがっていた。

母は半狂乱だった。父も何か心の芯《しん》を抜かれたようなうしろ姿を見せた。目の前の田植えのすんだ青々とした田んぼを見てボンヤリと縁側にすわったままいつまでも動かない事があった。周りの反応もタダシの時と全然ちがった。長男だったからか、十一年間生きた実績だったのか。賢く頭の良い子だと思われていたからだろうか。兄は右に心臓がある一種の奇形児だったが、弁膜症もあった。外見はひたいの広い目がばかにでかく強い光りがあり、今思えばかわいい坊ちゃん風の子供だった。

母は本当に打ちのめされたのだと思う。夜おそくまで隣の部屋でひそひそと父と母が話をし、時々母のすすり泣きがきこえた。

父は母をお寺の坊さんの所に連れていった。信仰心を起こしたのではないと思う。今で云えばカウンセリングみたいな役目を、身延山《みのぶさん》から来たという偉い坊さんがしてくれたのだ。母がどれ位お寺に行っていたか覚えていない。家でお経をあげる事もなかった。

私は九歳で家の中の死人を三人も見た事になる。母は三十四歳で子供を三人失った。五人の子供が三人になっていた。

一心同体だった兄が死んだ私は、じっとただ黙っていた。私は時々ふと兄が死んだ事を忘れ、兄の教室の前で、無意識に兄を待った。毎日一緒に帰っていたからだ。正気にかえって、九歳の私はにが笑いをした。あれこそ、にが笑いと名づけるものだった。

兄を失った私を誰も気にかけなかった。毎日私は兄と手をつないでねていた。ふと気がつくと私は兄と手をつないでいると思い、見て弟の手だったりすると私は又、一人でにが笑いをしているのだった。

そして多分その時から母が変ったと思う。当時は私は理由がわからなかった。母の私への虐待《ぎゃくたい》が始まったのだ。当時は虐待などという言葉は知らない。子供が母親にいじめられるのは継子《ままこ》にかぎられていた。継子はあるいは溺愛《できあい》される。

隣の好子《よしこ》ちゃんは溺愛されていたもらい子だった。好子ちゃんのお母さんは、好子ちゃんのお母さんにしてはずいぶん年かさだった。もらい子だから好子ちゃんのお母さんは年寄りなのだと私は思っていた。

ある日、母が上機嫌で父に云っていた。

「私のこと後添いだって云ってるんだって。ヒサシと洋子は先妻の子だろうって云うのよ。私のこと二十五歳位だろうって」母は事実若く見えた。田んぼの真ん中にいてもこってりと化粧していたし、お百姓さんの着るようなものは着ていなかった。

父もにやにやうれしそうに笑ってた。私は黙っていたけどわかっていた。母さんが私をいじめるから近所の人は嫌味を云ったんだよ。わざと云っているんだよ。

その頃父は三島の学校へ勤めていたので、金曜日の夜帰って日曜日の夜三島にもどっていた。

妹は云う。「母さん、欲求不満だったんだよ、そんでイライラしてたんじゃない。あの夫婦は気は全然合わなくて体だけがバッグンに合っていたんだよ」「私もそう思うよ。でもやっぱ気よりも体が合う夫婦の方が本当はいいのかも知れないねェ」私はどんなに母さんがひどかったか訴えようとしても、話はいつもそこで角を曲がってしまう。

6

田んぼの中の家は水道がなかった。家の中にコンクリートの四角い水槽があり、水は家から三十メートル位の所を流れている細い小さな川からバケツに汲《く》んで来る。コンクリートの水槽いっぱいになるまで、川と家を往復する。はじめ母がバケツ二つを竹の天秤棒《てんびんぼう》につるして運んでいたが、すぐ私と兄の仕事となった。私と兄は天秤棒の真ん中にバケツをつるしてヨロヨロと運んだ。兄がヨロヨロするのだ。そして荒い息を吐く。それはいつまでも続かなかった。「坊やは、やめなさい」母は小学校六年生の兄を坊やと呼んでいた。兄は坊やと呼ばれるのを嫌がっていた。そして六月の大雨の日に兄は死んだ。

兄が死んでから、水運びは私一人の仕事になった。私は往復する回数を節約したかった。一人で二つのバケツを天秤棒の両方につるした。初めは両方のバケツに半分位がやっとだったが、私は毎日少しずつ水を増やした。

そして腰を落として水がはねないようなコツを覚えたころ、水はバケツにいっぱいあふれるほどになった。十歳のやせた猿が器用に水を運んでいるように見えたと思う。

好子ちゃんのお母さんが、「えらいもんだねー」と感心していた。川は好子ちゃんちの庭先を流れていた。台所に入って水槽に水を移す時、母は何も云《い》わずジロリと私をにらむのだ。少なくとも十回位は往復しなければ水槽は一杯にならない。ある日私は七分目位のところでふたをしてごまかした。すぐ母はふたを開けた。ジロリとにらむと「私をだまそうとしてもそうはいかないんだから」押し殺した声で云うと黙ってバケツと天秤棒を外に投げた。十歳の私は泣かないのだ。失敗した列車強盗のように「しまった。あーあー」とばれた事を恥ずかしいと思った。

学校から帰ると母はジロッと私をにらむ。私は水汲みよりも母がジロッとにらむ事が嫌だった。そのジロッは、「遊ぼうったって、そういかない」を発していたし、学校から帰った私を見ると自動的にそうなるのだった。

母は兄の代りに私が死ねばよかったと思っていたのだろうか。その時は何も考えなかった。ただ家に帰るのが嫌だった。嫌だから学校の側の川で友達が遊んでいると私も遊んだ。川の中を下駄《げた》でバシャバシャ歩いて土手の小屋に住んでいるドテキッチャンに向って「緑の丘のドテキッチャン」と大声で叫んだ。娘のみどりが、私たちを羨《うらや》ましそうに見ている。母親のドテキッチャンは小屋を飛び出して私たちに石を投げる。ドテキッチャンはみどりを守るのだ。いつだって。

そして誰も歩いていない山道を四十分のろのろと歩いた。遊んで帰ると、母はいきなり私の衿元《えりもと》をつかみ、「えっ、どこで遊んで来たのよ、えっ」と柱に押しつけて頭をゴリゴリ柱にぶつけた。私は泣かないのだ。悪事がばれた悪人のような気になり、天秤棒をつかむのだった。

今になって思う。私は女の武器である泣くという必殺技を何で使用しなかったのだろう。子供の時泣くというワザに思い至らなかった私は、大人になってもそのワザを自在に使いこなす方便を使いそこなった。

そのうちに兄が死んで多分一年位で、また子供が生れた。こんがらがるが、引き揚げ船の中で母のお腹《なか》にいた子ではない。あの子はどこかに蒸発してしまった。両親は男の子三人亡《な》くして、多分渾身《こんしん》の願いを込めて、男の子の誕生を待ったのだろう。

七月に生れたから父は夏休みだったのだと思う。母がうめいている隣の部屋で父はひざをかかえて「生れるぞ、生れるぞ」と体をゆらしていた。

私は母の陣痛のうめき声にたまげて、母さん死んじゃうんじゃないかと、両手を耳に押しあてたが、そんなことで済む声ではなかった。私は家をとび出して兎小屋《うさぎごや》まで走り、そこにしゃがみこんで、また耳をふさいだ。生れたのは女の子だった。
二、三日して前の畑で働いていたお百姓さんが、畑からでかい声で父に向って叫んだ。「利一ちゃん、惜しい事をしただなあー」
母はおこっていた。「あれは葬式の時のあいさつでしょう」

赤ん坊が生れるとおむつの洗濯が私の仕事になった。それは飲み水の川と同じ川で洗うのだった。おしっこは三回ゆすぎ、うんちはうんちをふり落して、石けんで黄色いうんちのあとがなくなるまで洗う。うんちがぷかぷか流れてゆくのは何かきれいだった。

学校が始まると学校に行く前の仕事で、だんだん寒くなり水が冷たくなった。

私はすすぎをズルし、うんちも少し黄色が残って真白にならなくてもしぼってごまかした。母はジロッと私をにらむと、しぼったおしめを素早く鼻に持っていき、正確にズルしたおしめを土間に投げた。たいしたもんだと私は感心した。

黄色の残ったおしめは広げて、私の顔に押しつけて、「何よ、これ、えっ、何これ。

私をだまそうとしても、そうはいかないんだから」

しかし冬のおしめ洗いはつらかった。

いつか、「おしん」の子供時代をみて、私は思ったのだ。何つーことないじゃん。それにいくら器量が悪くてもピン子の母さんはおしんに優しいじゃんか。

あたたかくなると畑の草取りを命令される。私には畑がとほうもなく広く思える。初めは一本ずつ抜いたが、ある日母が留守の時、私はくわを持ち出し地面を掘って土をひっくり返した。あっという間に畑は黒々となった。やったぜ。私は知っていた、これは草取りにはなっていない。

母は帰って来ると、私のうしろ衿首をつかんで畑へ引きずって行き、土くれをつかんで私の顔に押しつけた。「これ、これ、何。こういうずるい事して、私をだまそうとしたってそうはいかない」私は畑につきとばされた。つきとばされながら、私は、ばれないはずはなかったのになあー。わかってたんだよなあと思った。

これで私が成績が悪かったらどうなっていたのか、時々考える。ど田舎の生徒が少ない小学校で、私はバツグンの成績だった。オール5なのだ。生涯あんな成績はあの時だけだった。兄も成績がよかったが体育は休んでいたので、私のようにズラリと5が並んでいなかった。私は喜び勇んで、成績表を見せる。母は見てフンと云うと、

「当り前でしょ、こんな田舎で、百姓ばっかりなんだから」

あんなど田舎でも、5ばかりずらりと並んだ成績表は今でも、私を嬉《うれ》しくさせる。そして成績表には必ず、明るく活発、積極的ですと先生の字で書いてある。

度過ぎて活発だと、ぞっとすることもあった。男の子たちがどこからか、五寸釘《くぎ》を持ってきて身延線《みのぶせん》のレールの上に置く。私たちは土手に腹ばいになって電車が通り抜けるのを待って、五寸釘を取ってくる。五寸釘はぺったんこになって光っていた。感動した。本当にぞっとする。

冬は山へたきぎを拾いに行った。まるで昔ばなしのばあさんみたいだ。私はそれは好きだった。火を燃すのが好きだったからかも知れない。ごはんをかまどで炊《た》くのは私の仕事だったが、私は炎を見ているとうっとりするのだ。形も色も一瞬も止まらず、私はこの世で一番美しいのは炎だと思い、めらめらと青くオレンジ色に真赤に身をよじるのを見ると吸い込まれるようになった。釜《かま》がふいて来ると火を引き、赤いオキを消しつぼに入れる時、残念に思った。私は放火魔になる素質は充分にあると思う。

ある昼、私は釜でじゃがいもをふかすためにかまどの前で、火をたいていた。私はかまどの前で居ねむりをしてしまった。

気がつくと私は板の間にころがされて、母が、ほうきの柄で私をたたきのめしていた。じゃがいもが黒こげになったのだ。母はたたきのめしながら足で私をころがした。私は虫のようにまるまり悲鳴を上げた。悲鳴を上げても私は泣かないのだ。母はいつまでも止《や》めなかった。ころがしたたきのめす。

私は殺されるんだ、殺されるんだったら早く死のう。私はたたかれても動かずに手足をダラリとして白目を出した。母はほうきの柄で私をつついた。はじめはじっと白目を出していたが、母は私の腹をぐりぐりつついた。くすぐったくなった。私は大声で笑い出した。紫色の斑点《はんてん》が私の体中についているのに笑いつづけた。

私はズルばかりする子だったのだろうか。生れつきズルい性格だったのだろうか。

違うよ母さん。ひと言ありがとうと云ってくれれば、おだてりゃ豚も木に登る。

一度だけ水汲みのあと私に一個トマトをくれたことがあった。その時の嬉しさとトマトの大きさと赤さを忘れない。私はその時、なんて母さんは優しいんだろう、優しい母さん、と心の中に明るいトマトの光がともった。

母さんは一生誰にも「ありがとう」と「ごめんなさい」を云わない人だった。

もし母さんが、水を水槽に入れる度に「ありがとう」とねぎらってくれたら、私は喜々として働いただろうと大人になって思ったが、今はそう思わない。母さんが優しかったら、私はそこにつけ込んだだろうとおもう。「もう疲れたから、これでいい?」とか「お腹すいたから何かちょうだい」とか云って黙々と耐えたりしなかっただろう。今私はあの労働の経験と忍耐はしないよりした方がよかったと思える。

しかし思い出したくない。

私は父に母の事をいいつけたりしなかった。そういう甘い雰囲気のない家だったと思う。しかし、週末に帰ってくる父と母が私の事で言い争いをしているのを聞くようになった。さすがに私のいる所でしなかったが、裏の物干し竿《ざお》を摑《つか》んで、父と母の大きな声を聞くと私は泣いた。あの涙が何の涙だったか今もわからない。

今日母さんは機嫌がよかった。「ここへ入りなさい」とふとんをめくったので、私はまた母さんのふとんに入った。

母さんはばかにはっきりいった。

「私がどういう人か誰かが説明してくれればいいの」私が誰だかわからないのに云った。「あんたはいい子だったわ」そーだろそーだろ。いや私は悪い子だった。母さんは私の手をなでながら「これでいいのよね」

7

私は大学を卒業してデパートの宣伝部に勤めた。入った年のお中元セールの全判のポスターは、何の間違いか、私のイラストに決った。続けてクリスマスセールも私のイラストだったが、これは間違いだと今も私は思っている。自分でもあまり良くないと思ったし、今も思う。私はあの時自分の限界を感じた。取り柄は若さの勢いだけだった。

地下鉄の通路いっぱい両側に、私のポスターがどこまでも続いていた。私は母と歩いていた。

「お母さんすごいでしょう。ほらずーっと私の絵だよ」

その頃、私は母と離れていたので関係は悪くなかった。

その時母は不機嫌な暗い顔をして、私の絵を見ようとせずに、まるで意地のように通路を真っすぐ見ていた。母は田舎者になってしまった自分を恥じているのだろうか。それとも親バカになる自分を押さえているのだろうか。あんた苦労して私を大学に入れてくれたんじゃないか。そして私はちゃんと仕事をしているじゃないか。何でそんな暗く不機嫌なのだ。

兄が死んで一週間目に父の古い友人が、兄が死んだのを知らずに京都から訪ねて来た。

不思議な因縁の人がいるものだ。彼は前の年の五月、大連から引き揚げて来て初めて、父を父の実家に訪ねて来た。その夜小さい西郷隆盛が死んだのだ。

そして次の年の六月、訪ねて来たら兄が死んでいた。父の旧制高校からの友人で、外地でも父と同じ職場の人で、兄や私たちを可愛《かわい》がってくれた。

リュックサックからお土産をとり出しながら、私にきれいな便箋《びんせん》をくれ、次にまだ手に入りにくい銀色のチューブ入りの絵具をとり出しながら「ヒサシちゃんは」と聞くと、父は田んぼを見ながら仏壇の方にふり向き、あごをしゃくった。

仏壇には白い骨箱があった。

ぽかんと口をあけ、目を丸めた父の友人の顔を覚えている。

父の友人は兄の骨箱の前で肩をぶるぶるふるわせて泣いていた。骨箱の横に銀色の絵具箱が置いてあった。

遠くから来た友人をもてなすために、飼っている兎を殺した。父が私に耳をもっていろ、と云《い》った。いやだった。今朝まで私がとって来たはっぱを食っていたのだ。私は生あたたかいようなつめたいようなやわらかい耳を両手で持った。

父は一瞬のうちに兎の首を一回転させた。キューという声と同時に兎のまっ赤な目がすうっと紫色になってすぐトレーシングペーパーをかけたように白濁した。

私が目をそらしたのは、兎の目が紫色になったあとだった。何で初めから目をそらさなかったのかわからない。

その夜の兎のすきやきを私は動物性タンパク質不足だったのでガッガッ食った。

兎を食べながら父の友人は、「俺は佐野のうちの死に神みたいだな」と云った。

兄はとび抜けて絵がうまかった。私は兄が生きていた時、自分は絵が描けると思っていなかった。私は兄が絵を描く時、べったりと兄の前に坐《すわ》り、紙の下から絵を描くのをかたずをのんで見ているのが好きだった。兄は絵を下からかきぴたりと上におさめた。私はほれぼれと絵を見た。兄は夢中になると口を半びらきにして舌を鼻の下にくっつけた。絵が本当にうまい人は口を半びらきにして舌をペロペロ出すのだ。私は兄の絵を見る人だった。そして仕上ると私は本当に満足してとても幸せなのだった。だから京都の小父《おじ》さんは絵具のお土産を、多分とても高価だったものを、兄のために持って来てくれたのだ。

絵は兄ちゃんが描くものだった。絵具は私のものになった。

次の年、県の写生大会で知事賞というものをもらった。担任の先生が授業中新聞をもって来て、「知事賞だよ、もう帰っていいから、お母さんにこれ見せなさい」と云った。私は一目散に山道を走りに走り、母さん喜ぶと思い込んで、家へとび込んだ。母は新聞の小さな小さな記事を見て、「いやだわ、私着てゆくものがないわ」と云った。

そして畳の一点を長いことじっと見ていた。

いつまでも見ているのだ。そして「兄ちゃんが生きていたら、何て云うかしらね。洋子の奴《やつ》生意気にって云うわね」と云った。私は驚いた。兄ちゃんはそういう事をいう人じゃない。兄ちゃんは私のこと自分と同じ位ちゃんとわかっていた。だって死ぬ前、ひどい頭痛と熱にうなされていた真昼、弟が兄の枕《まくら》もとを走った時、「静かにしろ」とどなった。弟は「姉ちゃんだよ」とごまかそうとした。兄ちゃんは云った。

「洋子はそんな事しない」。兄ちゃんは本当に私の事信頼していた。

しかし母はさらに云うのだ。

「きっと、この野郎、この野郎って、こづき回されたわよ」

母さんは兄さんと私の事何もわかっていない、兄ちゃんは絶対にそんな事しない。母にとってそれは兄が受けるべき栄誉だったのだろうと今思う。私は兄の絵具がなかったら絵なんか描かなかっただろう。そして、賞状をもらっても私は自信がついたりしないのだった。描くのも好きではなかった。私は夢中になって舌っぺろで鼻をなめたりしない。それは一生私についてまわっている。

母が一緒に甲府まで行った。

母は一張羅の紫とグレーの市松模様の着物と黒い羽織を着て来た。

母はぱっちり化粧をし気取って紅い唇をななめに曲げていた。私には、何のだかわからないが主人公のように見えた。集まった父兄の間で母が一番若くてきれいに見えて嬉しかった。自分がその時どんな洋服を着ていたか覚えていない。

単身赴任の父から母によく手紙が来ていた。母はそれをたんすの奥にしまっていた。ずい分あとになって（まだ中学生になっていなかったと思う）、私は母の留守に何通もある茶色い封筒を抜きとって読んだ。ラブレターなのだった。今思うと、父はなかなか文才があったと思う。

父はホームシックらしかった。子供がさわぎ回るのをなつかしがっていた。そのあと「水滴が玉になっておちるお前の脂《あぶら》の浮いた皮膚」という文字があり、子供だったのに何かぎょっとした。他の文章は何も覚えていない。私はそれだけが焼き印のようにこびりついてしまった。

今でもその文章を思い出すと、たった一つの情景が浮ぶ。

風呂《ふろ》のあと、子供たちは庭先のほたるを追いかけまわしていた。

父が縁側で足を折りまげて外を見ている。その横で風呂上がりの母が、パンツだけはいて、上半身裸でうちにたった一枚しかないバスタオルを肩にかけていた。大きな乳房が、ぶるぶるぶらさがっているのは丸見えだった。私はそういう母の姿がとても下品でむかむかした。何で父さんは注意しないのだろう。

私はそれがいやで家の中に入ろうとした時、母の背中からわきが見えた。水滴か汗が、小さい丸い玉になって沢山肌にくっついているのが見えた。

父さんは、あのはしたない母さんの姿に発情していたのか。

「お前の脂の浮いた皮膚」のあとはもっと露骨なことが書いてあったのかも知れないが、今になると、どうして全部丸暗記しておかなかったのだろうと実に無念である。

父さんと母さんはあの時幸せだったのだ。今私には、あの一枚の牧歌的な情景は、やはり私達家族のかけがえのない一瞬だったと思う。父さんはホームシックというより性的な不自由がまるで恋心みたいになってしまったのだろうか。

妹が云うように、気よりも体が合っていたのだろうか。

妹は、母が私にほとんど虐待《ぎゃくたい》に近いことをしたのは、性的不満だったのではないかと云う。「へー、じゃ未亡人はみんな虐待するの」

もっともっと大きくなって私が高校生の時家庭訪問があった。私は座敷にいたが、先生と顔を合わせるのが嫌で、とっさに押し入れの中にかくれた。

津田塾出の年配の英語の教師だった。

「若い女の子はスカートをけって歩きなさい」と口ぐせのように云う教師で私は好きだった。

私は母にひどく反抗的だったが、学校で問題など何も起していなかったし、起す気もなかった。彼女らが、何を云うか、コトとも音をたてずに、体中がスリルの固まりだった。

前後のことは覚えていないが、母が云った。「女どうしという事で、嫉妬《しっと》かも知れません」私はその時、何見当違いの事を云っているのだと思いながら、「えっ、母さんはそうなの」とびっくりしたのだ。その頃は私はもう母の事を何て頭の悪い人なのだろうと思い始めていたので、たいして気にしていなかった。押し入れの中にかくれている事の方が大問題だった。

今思うと、たしかに父は私を気に入っていたと思うが、父はそれを表面に出す人ではなかったし、私にとっても弟にしても、ただただこわい人だった。しかし夫婦のことはわからない。父と母の間には二人だけで話すこと、二人だけが感じる事、云わなくてもわかる気配が沢山あっただろう。

しかし私の何に対してだろう。ただ父が私を気に入っているのが子供の時から気に入らなかったのだろうか。新聞紙の匂《にお》いをかいで今日の新聞をさし出したりする私を、母は嫌だったのだろうか。

多分同じ自分の子でも合性のいい子と悪い子がいるのだろう。始めから合性が悪かったのだ。

私が反抗しだすと、母はかならず、「本当にあんたはお父さんにそっくり」と憎げに云った。その父さんと七人も子供を作ったんだから、と思ったが、多分私は父の最も嫌な部分を受け継いでいるのだ。

しかし、やっぱり兄の死が、いちばん大きな原因だったと思う。母は本当に兄の代りに私に死んで欲しかったのだ。十一歳で死んだ兄には何のチャンスもなかったのが不憫《ふびん》だったにちがいない。

十一歳で死んだから、兄は母の中で好き勝手に美化されつづけていたのかも知れない。しかし、私は大人になるにしたがって、兄がこの世を生きていくのは大変だったにちがいないと思うようになった。

頭はよかったかも知れないが、兄は臆病《おくびょう》だった。私はよってたかって兄をいじめている男の子達のけつを棒をもってたたき回って、兄を助けていた。泥だらけの兄が私をにらみつけた時、傷ついた兄の自尊心のために、私が泣きながら兄のあとをとぼとぼ歩いていた。

兄のあの病弱で繊細な敏感さを思うと、自分がしたたか人生に打ちのめされた時、「兄ちゃん、死んでよかったよ、生きてると死ぬことも出来ないんだから」と度々思った。

老人ホームに行く五日市街道を走っているとあじさいが土手に沢山咲いていた。あー私は十回もあじさいの季節にこの道を通っていた。十年もあの部屋の中で毎晩一人で母さんは寝ていたのかと思うと、だらだら涙が出て来た。

もう母さんは坐ってごはんが食べられなくなった。

「わたしがうちにかえると、あの子が一人でもいればいいと思うの」

あの一人は誰なのか、誰も知らない。

母さんは神ですか、あの子は兄ちゃんだよ。

8

山梨のど田舎の学校で引き揚げ者である私が誰よりもハイカラな服装をしていた。

ふとん袋とリュックサックと五人の子供を所持して来ただけのかわいそうな引き揚げ者なのに、多分体と同じ位のリュックサックの中につめるだけの衣服をかついで来た私の着るものは、わらぞうりをはいてスフの黒光りするもんぺ姿のいとこのあっちゃんよりしゃれていたと思う。

どこから出て来るのか、アメリカからのララ物資か、日本政府からの援助か、時々学校で雨ガッパ一着とかゴムの黒い靴一足とかが、天下って来た。

先生は、「引き揚げ者の洋子さんに」とそれは私に恵まれるのであったが、子供心に先生のヒイキだと思えた。山の中の川のそばの掘っ立て小屋に住んでいる女の子もいたのだ。そこは便所も電気もなく、押せば倒れるような家とも云えないもので、時々そこのお母さんが、川でおしりまる出しにしてうんこをしていた。始めうんこかと思っていたのは十センチもおしりの穴からぶらさがっている脱腸なのだった。それは恐しいものだった。女の子はノートもえんぴつもなく、丸めたおがくずのような髪の毛はしらみの卵としらみで真白になっていた。そしてくさい洋服に向かってしらみはぞろぞろと歩き回っていた。あの子はいつも裸足《はだし》だったのかも知れない。

学校中で雨ガッパなど持っている子供は一人も居ないのだ。全《すべ》ての子供はわらぞうりか下駄《げた》をはいていて、靴などはいている子供はいなかったのだから、「引き揚げ者の洋子さんに」とそれが天下った時、教室にざわめきがおこった。私は嫌だったが、カッパも靴も欲しいのだった。不公平なものだと思ったが、それをかわいそうな脱腸のお母さんの子供にあげたりする優しい気持ちなど私にはなかった。気がつくとその小屋はなくなって、脱腸のお母さんも子供も消えていた。学校にその子が居なくなったが誰も気が付かないようで、煙のように消えたのだった。

私をなぐりとばしたりこづいたりにらんでいた母は、ずんずん背が伸びる私に緑色のチェックのぺらぺらの人絹《じんけん》でワンピースを作ってくれた。ミシンがないので、母は洋服全部を返し縫いをしてミシンで作ったように見せかけるテクニックを駆使したのだ。

十歳だったと思うが、それを着て、私は父が勤めている三島に電車を三つ（身延線、東海道線、駿豆《すんず》鉄道）のりかえて、一人で行った。父方の親戚《しんせき》の家でお菓子屋さんだった。「あの時は驚いて幽霊かと思った」と今でも従姉《いとこ》の民枝ちゃんは云《い》う。そして店先で私は叫んだそうである。

「サノリイチの長女のヨーコでーす」

南極探検隊のようだったのだろうか。

私が家の中に入ると義理の叔母や民枝ちゃんやおばあさんがよってたかって私のワンピースをひっぱって「えっ、これシズコさんが手で縫ったの。へーへー、大したものだわねー」スカートは六枚はぎで、全て手でミシンの真似《まね》をしてあるのだ。恐ろしく手のかかったものだった。

そこで私は母親にいつくしまれている女の子になった。女の子の居ない叔母はとても優しかった。私は居ごこちがよくて、いつまでもずるずるとその家にいた。

私が初めて見た映画は「クララ・シューマン　愛の調べ」というものだった。叔母が連れていってくれた。叔母は云った。「すごいわね、外国の女優さんは、あんなにピアノが弾けるのよ」

そしてある日電報が来た。「スグカエレ」帰るとこっぴどく叱《しか》られた。私はあそこの家の子になりたいと本気で思った。

あの頃は着る物は全部母が作っていた。弟たちのセーターが小さくなるとセーターをほどいて、ちりちりにちぢれた糸をかせにして、洗って、湯気で伸ばし、外の毛糸を加えて縞《しま》にするのだ。私はかせを両手にかけて、母がそれを玉にして行った。私は母が玉にしやすいように両手を右や左に振った。母は私に編物を教え、私はそういう仕事が好きなのだった。そういう時は母は機嫌が好《よ》かった。母は社交的で明るい人だった。機嫌がいいと歌をうたった。私は母が機嫌がいい時が、一番不安だった。いつ突然ヒステリックになるかわからないのだ。

母は人に質問したり子供の話を聞いたりしなかった。命令だけした。その指令が母の希望通りにならないと狂暴になった。私もふと油断することがあった。学校に偉人伝などが少しあり、私はむさぼり読んで、感動すると人に話したくなるのだ。「ね、ね、野口英世はてんぼうと呼ばれていたんだよ、手にやけど」とふと母に話しかけたりしてしまうと「うるさい！　あっちに行きなさい」とどなられて、しまった油断しちまったとひどく恥かしくなった。そして、私は母に何も報告しない人になり、それは一生続いていった。

あとでわかったが、母は享楽《きょうらく》的で楽しいことが好きだったのだ。あの山梨の田舎で母を楽しませる事は何もないのだった。

母は百姓というものが嫌いで軽蔑《けいべつ》していたから、母は父の親戚が一人残らず嫌いなのだった。父の実家から離れた家が四軒しかない所に住んだ家は、遠くに家がある親戚の人が農作業するために自分の田んぼの中に建てた家だった。好意で私達に貸してくれていたと思う。田植えとか稲刈りの時はその家の娘たちが何人も二間しかない部屋にふとんも敷かずにごろごろ寝たが、そういう時母はつんつんして気取っていた。

始めの田植えの時母は三十分程手伝うと「嫌だわ」とさっさと家の中に入り、気持気持ち悪いと舌打ちをした。私はすっかり田植えに夢中になった。お姉さんたちと並んで泥の中に苗をつっこんで行くのは非常な達成感があり、泥遊びしているようだった。泥の中にひるがいて、すねにひるが食いついたりした。ひっぱりはがしたりする時お姉さんたちはきゃあきゃあ笑った。十歳の私がどれ位役に立ったかわからないが、私は共に労働する楽しさを知った。

泥だらけでも楽しかった。私は田んぼの泥にはまったのではなく、何でも集中的にはまる性質があったと思う。

ヨン様にはまるのと同じだったのだ。

母さんは汚い事が嫌いだったのだろう。母は都会の中流主婦だったのだ。あのお姉さん達はワンピース全部を返し縫いする根気もやる気もなかったかも知れない。

田舎に三年居て、私達は六年生の夏、二学期から静岡市に引っ越しをした。引っ越しの日私はあの緑のワンピースを着て草ぼうぼうの駿府城《すんぷじょう》の真中にいた。

私達は家康と同じ所に三年弱暮した。

立派な石垣と二重の堀だけを残した駿府城は、広大な草っ原だった。戦争中は兵隊さん達の練兵場だったらしく、石垣にそって兵舎が残っており、一つは城内高校といい一つは城内中学校といった。それでも草っ原がぼうぼう生い繁《しげ》る程だだっ広かった。学校の反対側の土手に細長い古い家がへばりつくようにあった。それが父の職場の官舎で八つに割った長屋だった。玄関の扉がガラスの代りに黄色い油紙がズラリと八つ並んで、便所は外に四つ小屋があり一つの小屋に二つ便所があった。城の真ん真中に大きな大きな家康お手植のみかんの木が、むき出しでたった一人で立っていた。

水道があったから、もう水くみは必要なくなった。

妹もおしめがとれた。

学校は城の橋を渡った真ん前にあり、私がクラスで一番家の近い生徒になった。それも城内小学校という名だった。

母さんの私への手荒い仕打ちはピタッと止まり、たちまちその社交性が花咲き、父の同僚の奥さんたちとうちとけ、明るい声と陽気な笑い声の人になった。

そして母は、客好きでもてなし好きだった。

八畳と四畳半と三畳だけだったが、茶の間の四畳半は客が来ると何人でもちゃんとつまるのだった。そして母はその全ての人に料理を手早く作り、自分もいつの間にか客の間で笑い声をあげていた。

そんな時でも母はきちんと化粧をしているのだ。

私は母が私をこづき回したことをすっかり忘れた。不思議である。私は大人になってからそれを次第に思い出したのだ。年をとればとる程、それが鮮明になって行った。不思議だと今も思う。

九月に私は転校生になった。静岡の友達はわらぞうりをはいていなかった。

世の中も少しずつ落ち着きつつあったが、まだまだ貧乏だった。

男の子は皆黒い木綿の学生服を着ていた。

女の子は誰が金持ちかすぐわかった。

転校した日、小さなテストがあった。班長の男の子が、私の答案を見て目が光った。私は満点で班長は一つ間違えたのだ。

やばいなと思った。昼休みに「サノチョットコイ」と云われて学校の裏の土手を登らされた時、私は観念した。太い松の木に私を押しつけると班長は何回も往復ビンタをくらわせた。二人とも無言だった。なぐり終ると私は班長のすぐあとをトコトコついて教室にもどった。教室に戻ると班長は叫んだ。「オーイ、サノなぐっても泣かねエぞ、ためしてミロヨウ」今度は後の壁に押しつけられてクラス中の男の子にぶんなぐられた。

「本当ダ、泣かねぇや」「スゲエ、泣かねぇや」男の子たちは散って行った。「つまんねェじゃん」

お母さんありがとう。母さんが私に糞《くそ》根性をつけてくれた。私はめったに泣かない女になっていた。母さん、私が母さんの子供じゃなかったら、泣くという技に熟練したテクニック派の女になれただろうか。

そのあと班長と私は特別に仲が良い友達になった。私が自転車にのれるまでひたいに汗をだらだら流して、自転車の荷台をささえて走ってくれた。

野球にも入れてくれた。私は背中に妹をくくりつけられていた。私は学校から帰るとすぐ赤ん坊をくくりつけられて野球の時もバッターボックスに立ち、走った。妹の首が、背中でガクガク動いた。つんのめると妹の頭の方が先に地面についた。

妹は、あれで、すこし馬鹿《ばか》になったんじゃなかろうか。

しばらくすると私にズルパンというあだ名がついた。

母はパンツまで作ったのだ。背が伸びてもいいように巨大なキャラコの白いパンツをはかされた。短くなったスカートよりもパンツは五センチ位下にはみ出ているのだ。

同じ長屋に同級生の男の子が居た。けんかすると男の子はズルパンズルパンと叫び、最後は「ズルズルパンツ、パンツズールズル」と調子をつけた。

あるときその男の子の母親が私の横を通りながら、「ズルパンのズルは、ズルイのズルよ」一言云った。私はショックを受けて石のようにかたまった。今でも思い出すとかたまる。

私は大人からそう見える子供だったのだろう。

私はパンツが大きすぎると母に云わなかった。母は私がズルパンというあだ名だと知っていただろうか。

もう母さんは座れなくなった。ぐにゃりぐにゃりと体が支えられなくなった。

行くと今日もかべの方を見てじっとねていた。顔を近づけると目はパカッとあいていてずっと入れ歯をとった口をもぐもぐもぐもぐ動かしている。眠っている時もおしっこをする時ももぐもぐしている。呼びかけても返事をしない。

ヘルパーさんに時々水をのませてねと云われていたので、紅茶の入った吸い口を口にあてたらぎゅっと口をむすんだ。少し押し込もうとしたら突然はっきり大きな声で、

「変な事すんな!」とどなった。

9

六十九歳の友達のサトウ君は今でも時々「洋子さんのお母さんの餃子《ギョーザ》もう一回食いたいなあ」と云《い》う。

私の進路は父が決めた。私は芸大のデザイン科に行き、デザイナーというものにならねばならないらしかった。

父の同僚に彫刻家がいた。そこは静岡の芸大受験の予備校のようで、先生のアトリエに静高の生徒がデッサンをするために集まって来ていた。そこにいたサトウ君は中学の時の一年上のクラスで、私は前から知っていた。

サトウ君は一年目は失敗して上京し、予備校の課題を週一回必ずハガキで一年間知らせてくれた。並の人間には出来ないことだと思う。私のすさまじい反抗はさすがに少しはおさまっていたのだろうか。

父か母の提案だったのか、サトウ君とその友達のタミヤ君の二人を食事に招いた。家の餃子は水餃子で、家ではチャオズと云って、皮から母が作った。ひどく手間がかかるものだった。座敷に二人の男の子と私と父が同席して、大きなどんぶりを次から次へと母が運んで来たが、二人は父が居るものだからコチコチだった。父は察したのか「ごゆっくり」と云って中座した時、部屋の空気はサーッととけて、それがわかって三人で笑った。母の餃子は本場仕込みで、家では水餃子以外は作らなかった。今のようにどこにでも餃子がある時代ではなかった。

私は今でも母の水餃子はほんとうにうまかったと思う。

サトウ君は「洋子さんのお母さん若いねェー」といった。母は一生お若いですねェーと云われていたと思う。叔母は母のお姉さんですかと云われて、「えーえーそうですよ」と笑っていた。

母も親切で優しいサトウ君がすっかり気に入って、「私一日でいいからサトウ君みたいな人と結婚したい」と度々云った。父にない如才なさと暖かさにひかれたのかも知れない。サトウ君や私が結婚して家族ぐるみで、清水の家にも何度か来て、来るたびに云った。五十年たってもサトウ君は母の餃子を覚えている。

母が料理上手だという事に私は無自覚だった。
大人になって叔母の家に下宿した時、どこがどうというのではないが、気が付いた。
私は小学生の時から夕食の手伝いをしていた。私も嫌いではなかったのだろう。
母が留守の時客が来た。

小学校六年生の私は玉子からマヨネーズを作りポテトサラダを父のお客に出したことがある。酒のサカナにポテトサラダを出すのだから子供だったなあと思う。

母は、父の友人で気が張るような人の時は、つき出しから順々に手ぎわよく料理を運んだ。物が不自由な時、金もないのによくやった、偉いと思う。客は感心して母の料理をほめるらしかった。父がお客がほめていたとうれしそうに母に云った事をきいたことが何度もある。豚もおだてりゃ木に登るというが、父もどこかで何かを食うと、あれはどうすれば出来るかと、頭をめぐらし、あれこれアイデアを出す。うまくいく時は、母は試み、成功する事もあったが、突然「あーあーそうですか。ここに材料を持って来て下さい。お金さえあれば、私は何だって作りますよ」「俺は創意工夫のことを云っているんだ」となるとドドーと夫婦げんかの谷に向かう。

毎夕食の時、必ず父は訓示をたれた。食卓には赤ん坊も居るのにあれは誰に向かって云っていたのか。

「人は小指が曲っているだけでも千里の道を遠しとせず直しに行くが、心の曲っている奴《やつ》は隣に直す人がいてもいかない」

「活字を信じてはいけない。活字になると人間は正しいと思いがちだ」

「本を沢山読む奴が読書家ではない。生涯十二冊の本しか読まなかったが真の読書家と云われた人がいる」

そして創意工夫は耳にタコが出来る程云われた。

私と弟はただただ黙々と飯を食った。

母は例え話とか抽象論には何の興味も示さなかった。母にとっても現実しかなかったのかも知れない。

ある日、父が云った。「お前ら、目が見えないのと耳が聞こえないのと、どっちがいい」

間髪をいれず母が云った。「耳が聞こえない方がいいにきまっているでしょ」「おれは目が見えない方がいい。音からは想像力が働く。想像力がなくなったら人間はおしまいだ」「ばかいいなさい」いまなら人権団体から袋だたきになると思う。私と弟はそっと茶わんを台所に運んで、自分達の部屋にひきさがった。二人とも会話しなかったが耳は茶の間に向かって開いている。

「どうせ、私はばかですよ」という声がきこえた時、あ、終ったと思って茶の間に戻るといつものように母は丸い鼻をまっ赤にしてエプロンで目を押さえていた。「実家に帰ります」と母が云ったから、まだ祖父が生きていたのかも知れない。父はエヘラエヘラ笑って、うす暗くなり始めたおもてに下駄《げた》をはいてふらふら出ていった。私はほとんど毎夕食後の父と母の口論が本当にいやだった。そして子供心に父と母は全然言葉が通じていないと思った。

こんなに毎晩けんかするのに父さんは母さんの事をなんでわかんないんだろう。云ったって通じないことをなんで云うんだろう。

そしてたいがい次の日の朝、二人はふとんに並んで腹ばいになって仲むつまじく話をしたり笑ったりしていて、何だか詐欺《さぎ》に合ったような気がした。

父がどこかで食ったのか、鯵《あじ》の料理法を伝授した。清水は漁港なのに魚屋には季節にとれる魚だけしかなかった。鯵、いか、鯖《さば》、太刀魚、いわしなど、まぐろのさしみは高かったのだろう、さしみの時はごちそうだと思った。

小鯵を山程七輪で焼く。それをでかいなべで番茶と一緒にしょうゆと少しの砂糖で長時間煮る。すると骨がやわらかくなって頭から中骨まで全部食べられる。あれはうまかったし、家以外どこでも今まで食ったことがない。父はカルシュームが一大事だったのかも知れない。「これはカルシュームで満点だ」とそのたんびに云う。

しかしカルシュームで、思い出すたびに口の中がイガイガする事がある。うちの味噌汁《みそしる》は煮干しが必ずおわんの中に三匹位残っていて、その煮干しを全部食べなくてはいけないのだった。

味が抜けてしまった煮干し程まずく不快なものはないと思う。三年前のうちの猫だって、だしを取ったあとの煮干しは食わなかった。

しかし父の歯は、大変上等な歯で、つやつや黄味がかっていて虫歯が一本もなかった。ビールの栓を歯で抜いていた。

母は歯が悪かった。当り前だったと思う。七人も子供を産んだのだ。

今は一本も歯がなくて、入れ歯も入らなくなった。そして唇は歯ぐきに食い込んでいて、もごもご一日中動かしている。かわいそうな母さん。父さんは立派な歯のまま焼き場で焼かれた。あの歯はもったいなかったと思う。

私は本物の酢豚を食う前に、豚の代りに鯖の酢豚風を食った。家中が好きなおかずだった。

うちでムニエルと呼ばれたものは、中位の鯵を粉をはたいて油で焼き、野菜が沢山入った甘酢あんをかけたものであった。

どこで知ったのか、父の云う創意工夫だったのだろうか。

お彼岸には必ず三種類のぼたもちを、細長い箱に沢山作った。小豆のぼたもち、きなこもち、黒ごまをすった黒いもの、ひなまつりにはよもぎをとって、ひしもちを作った。よもぎの香りのつよい草もちはなつかしい。

おやつも手作りだった。じゃがいものマッシュポテトをふきんでしぼって、上に紅《あか》い食紅をポチンとのせたもの。お茶のかんのふたで形を作ったドーナッツ。うす焼きと云っていた、メリケン粉に砂糖を入れてフライパンで焼いたもの。ニッチャニッチャしていて、大人になってから私は作ってみたが、どうしてもニッチャニッチャしなかった。

カレーは少量の豚肉が入っていて、辛いものが食べられない子供にはメリケン粉をといたものを入れてトロ味をつけ、今ではホワイトシチューと云うようなもので白かった。大人用にはそれにS&Bのカレー粉を入れたものだった。やたら人参《にんじん》が多かった。子供たちはそれがカレーだと思って、大喜びで食べた。

握り寿司《ずし》も細長い木の箱に並べた。一番大量にあるのはいかだった。まぐろは信じられない程薄くそぎ切るのでわさびがすけて見えた。下の妹は、まぐろのことを赤いいかと云っていた。干ししいたけをあまからく煮たものがのっかっている事もあった。

巻き寿司は、ほうれん草と玉子、しいたけ、ピンクのでんぶが入っていた。やたら太かった。酢でしぼったふきんで時々包丁をふき、はじっこを手伝う私にくれた。私はそんな時、母さん私が好きなのだろうかと思った。手伝うごほうびのつもりだったのだろうか。

少なくとも料理をしている時私をどなったりした事はなく、まるで気の合ったチームのようだった。

いわしのつみれ入汁の作り方も自然に私は覚えた。

私がどうしても食べられないものは鯖の味噌煮で、私は鯖の皮が青くくねくね光っているので気味悪くて、一緒に煮たごぼうと味噌だれだけをごはんにかけて食べた。家では好ききらいなど通用しなかった。弟はカキが嫌いで、かわいそうだった。生ガキなど見るだけでウッグウッグと吐き気を押さえていた。弟はつけものだけで飯を食っていたのだろうか、よく思い出せない。

下の妹は、母さんが作った握りめしは極上だったと云う。ただ塩をまぶしただけの握りめしがうまいというのは一体どういう事なのだろう。云われてみると、私が作る握りめしとはやはりちがう。

結婚して夫の実家に行った時、嫁に来るのに料理学校も行っていないのかと云われたが、姑《しゅうとめ》の料理は豚肉とキャベツ入りのすき焼きとてんぷらだけだった。やったぜと私は思い、私は母さんが優れた料理人であった事を知った。しゃれたものなどではなかったが、本当に基本的な家庭料理が身についた事は、母さん、あなたのおかげです。

昨日母さんは、どろどろしたものを食べさせてもらっていた。ほうれん草のおひたしもどろどろで、鯛《たい》の煮物も、大根の煮付けも、清汁《おすまし》も汁と中味が分けてあって、中味もどろどろで、小鉢が沢山あった。一度口に入れたものを母さんは両手の指を口につっこんで、そこいら中にふりまいていた。あとセーターで指をぬぐって、それからペッペッと口の中のものを食べさせてくれる人に吐き出していた。

「全部きれいにめし上がることもあるんですよ」と笑顔で云ってくれたが、しみじみ私は母を捨てたと思った。

もう少し呆《ぼ》けの軽かった時は、私に、お皿の中につまようじを盛って、「何にもありませんけど、どうぞ」と云ってさし出した事もあった。大きなせんべいをソックスの中に入れて、引き出しの中にかくしていた事もあった。際限なくチョコレートを食った事もあった。

私はいつも、呆けた母さんを知らずに死んだ父さんの、老人ホームにある仏壇の笑っている写真を見る。父さんは一度も浮気をしなかった。当り前だとおもっていたが、稀有《けう》なことだと後で知った。

10

昭和二十二年の二月大連から引き揚げた時、日本中バラバラになって、母は自分の東京の実家の家族が生きているのか、牛込柳町の家は焼けてしまっているのか、わからなかった。

父が調査のために上京し、帰って来た。家族全員が無事で家も残っていた。「良子も婿《むこ》もらって子供が二人いた。中々よさそうな亭主だった」と聞いた時、母は本当に安堵《あんど》したと思う。それからすぐ祖父が父の実家に私達を訪ねて来た。おじいちゃんというものを私は始めて見るのだ。父の両親は何しろ父が七男だったのですでに死んでいたから、私達には唯一《ゆいいつ》のおじいちゃんなのだ。私は自分でおじいちゃんのイメージを勝手に持っていた。今思うと、私は志賀《しが》直哉《なおや》のようであるべきだと思っていたらしいが、現れた祖父はずんぐりむっくりしたつるっぱげの吉田茂《よしだしげる》を不細工にしたような人で、今思うと、松本清張のような唇をしていた。

でも祖父はとても祖父らしい優しい人だった。祖父も何年かは私達が生きているのか、死んだのかわからなかったと思う。北京に七五三のお祝い着を送ってくれたのは祖父であり、毎月「キンダーブック」と「幼稚園」という子供雑誌や、私には人形も送ってくれた。兄が「幼稚園」を抱き、私が人形を抱いて並んでいる写真は、祖父に送るためだったのだろう。祖父は本当に吉田茂に間違われる事があったらしいが、多分松本清張の唇でばれたと思う。

はっきりしないが、夏休みに子供を連れて母は上京した。兄と下の妹が居なかったような気がするが、赤ん坊が下の妹か上の妹か確かではない。汽車の中で母が、「東京の家には、病気の親戚《しんせき》の人がいるから静かにするのよ」と云《い》った。子供の私でさえ病気と云えば肺病だと思ったので、青白いやせた人がふとんで寝ているのだろうと思った。

ものすごい暑い日だった。牛込柳町の商店街は焼け野っぱらで、屋台のような店が並んでいた。よしずが立てかけてある氷屋で母は私と弟に「今荷物を持ってくれる人が来るから、ここで動かないで待ってるのよ」といって赤ん坊をおぶって、暑さで真っ白に見える道を歩いていった。

私は捨てられちゃったんじゃないかと思う程長く感じたが、突然私の前に仁王《におう》立ちになった小さな女が、「アンタ、アンタ、ヨウコちゃんなの」とどなるように云った。そして置いてあった荷物を持つとスタスタ歩き出し、細い道をくねくねとつんのめるように歩き、一度もふり返らず、一言ものを云わなかった。誰だろうと思い、何か普通の人と違う変な感じがした。細い道のつきあたりの家の門をあけ、玄関に入ると「持って来たわよ」とやっぱりどなるように云って、ふり返らずにドンドンと二階に上っていった。

叔母はものすごく長い顔をした人で背が高くやせていて、しかしまんまるな母と一目で姉妹であるとわかるのである。小さいいとこが二人家中はしりまわっていた。

会ったとたん私と叔母は何かが通じたような気がする。

そこにおそろしい男の人がヒーヒー云いながら現われた。長い顔をして丸坊主《ぼうず》で、ホッホ、ホッホと云い、ヒーヒーヒーヒー云うだけなのだ。そしてぴょんぴょんとび上って、ホッホ、ホッホと云い、言葉というものは発音しないのだ。そういう人を始めて見た。叔母は「お茶持って二階に行きなさい」と云って大きな緑色の湯のみを持たせ「ほら、おまけ」と煙草《たばこ》を二本渡した。その人はホッホ、ホッホと又云い、おとなしく二階に上った。母はそっぽを向いて何も云わなかった。私はよっぽど驚いたのだろう。恐怖みたいなもので目がまんまるだったのかも知れない。「だいじょうぶよ、何にもしないから。とって食いはしないわよ」

母は姉妹は妹一人だと云っていた。祖母は死んだと云っていた。

母が病気といったのはあの人達のことだったのか。

茶の間で叔母と二人っきりになったとき、「あの人誰？」ときいた。叔母は煙草をふかしながら「母さんは何て云ったの」「親戚の人だって」叔母はげらげら笑い出した。「へー親戚、親戚ねー。まあ親戚だけど、あれは私の弟なの、さっき荷物運んだキミちゃんは妹なの」「じゃあ母さんの兄弟なの」「そーよ、やだわねー、姉さん」私はショックを受けた。あんな人私は始めて見た。

その次の日だか、次の次の日だか、小柄な和服を着た年配の女の人が茶の間にいた。私は外で遊んでいたか、いとこと遊んでいたか、茶の間が妙な雰囲気で、小柄の和服の小母《おば》さんは泣いているのだ。その小母さんが帰ったあと、母が隣の座敷の縁側の柱によりかかって、指で目をこすっていた。

その時、私はわかった。あれはお祖母《ばあ》さんだ。お母さんのお母さんなのだ。お祖母さんは生きているのだ。

「あんた母さんの口から、シゲちゃんとキミちゃんが兄弟だって聞いたことある？」と妹に聞いたことがある。

「ない、何んとなく、そーなった」「あなた、結婚する時山口さんに云ったの、シゲちゃんたちのこと」「云ったよ」「問題にならなかった？」「『今ごろ云われてもなー』って」「あははは、わたしね、結婚する時、母さんが一つだけ云っておきたいことがあるって彼氏にあらたまって云うから、あーシゲちゃんたちのことだなって思ったら、この子は、妹に仕送りする約束で大学に入れたので、その約束だけは守って下さいって云って、シゲちゃんたちのことは云わないのよ。それで、二人きりになったら母さんは、黙って結婚しちゃいなさい、結婚しちゃえばしょうがないと思うわよ、何も自分から云う事ないでしょって云ったよ」

妹は母親にそのことを云われたかどうか覚えていないと云う。

しかし私は、ごまかしたり嘘《うそ》ついたりしたくなかったので、自分の口から云った。生れつきのものか、子供の時の病気の熱でそうなったか、叔母もわからないと云うのだ。

結婚相手は、二日程して、結婚出来ないと云った。私はのぼせあがっていたのだろう、泣いたかも知れない。

私は叔母の所に彼を連れていった。

叔母は、「洋子ちゃん、そんな事で、嫌だって云う人と結婚しても幸せになれないわよ。あなたは誰にそう云われたの」「両親に」「あ、そう。洋子ちゃんの兄弟も誰もああいう人たちは居ないでしょ。うちだって生れつき正常な子供でしょうが。洋子ちゃん、やめなさい、お宅のお父さんだってうちの主人だってちゃんと結婚しているでしょ。それでもいいっていう人が必ず出て来るわよ」と叔母はその男の前で云った。叔母はあっぱれな人だった。男もそう云われてしまって、うなだれていた。そして結婚した。

「姉ちゃんどうせ離婚したんだから叔母さんの云う通りにした方がよかったじゃん」

「まったくだよなあ」

私は遺伝性かも知れないから云ったのだが、その時結婚しても子供を産むつもりは全くなかった。もし私が母さんと同じで、子供を愛せなかったらどうしようという不安と、仕事が面白かったのだ。

「でもさあ、あのくそばばあ（私は姑のことをそう云うのだ）遺伝がこわくって反対したのに結婚したら子供産め産めってすごいんだよ。そのうちにほら私、ずっと子供産まなかったじゃん、会うたんびに〃今はいいわねェー、昔は三年子無きは去れって

「だから姉ちゃん、あのくそばばあは遺伝でも何でもなくて、唯姉ちゃんが嫌いだったんだよ」「あー、あー、そうだべよ」

云ったのにねぇ〟なんて云ってたよ、去らせたかったんだねぇ」

私は古いポスターの展覧会などでかならず名作として残っている赤玉ポートワインのポスターを見ると、母さんはあの時代の美人タイプだったんだ、うまいめぐり合せにぶちあたったもんだ、運が良かったねぇと思う。胸がほんの少し見えるぽっちゃりした若い女がワイングラスを持っているだけのシンプルなポスターだが、あの時代たとえ首から下が少し露出しているだけでもセンセーショナルだったのだろう。ぽっちゃりしているのが少し似ているだけだけど、少し鼻が丸いのも似ていなくもない。

ずっと昔、父が高校の教師だった時、学生がせまい四畳半によく集まっていた。父は未成年の学生に酒を飲ませていた。「先生、大恋愛の話聞かせて下さいよ」と度々云った。父は酒をのむと機嫌のいい人だった。まんざらでもないようににやにや笑うだけだったが、母ははしゃぐ。はしゃいで「あーらいやだわ、ギッチョンチョン」と少しはすっぱに云うと学生にうけていた。あの時まだ母は三十代だった。

私がもう少し年かさになると「結婚は一番好きな人としない方がいいの。二番目の人とするものよ」とばかに世なれた事を何度も云った。

「何で大恋愛なの」「だってそうでしょ、父さんが親友の恋人をとったんだもの」

えっ、母さん達、夏目漱石《そうせき》だったんか。

「なんで、その人と結婚しなかったの」「その人のうちは、ちゃんとした家だったから」私の時と違って、その時代はもっと家の格が問題になったのだろう。「尾張町の角で、うしろをふり向かないで別れましょうってね」母はその人に自分の家族の事は決して云わなかったと思う。

父さんは猛烈だったのだろう。

私の推測だが、父と母は結婚式をやっていない。世界大恐慌《きょうこう》の時で、父は四国の中学の教師になった。非常な就職難で、父は剣道四段というおまけがあったために就職出来て給料も十円同僚より高かったそうだ。父はその頃秀才のほまれ高く、論文でいくつか賞をもらっていたそうだ。それは最近年上のいとこにきいた。「てっきり学者になると思っていたけど、体弱かったからねェ」体弱いと子種は強いのだろうか。

私は大人になって、銀座四丁目の角で、母が恋人と別れたところかとある感慨があったが、ふり向かないで歩いた母に何か情感を感じられなかった。しかしモダンガールのトップモードだけは目に見える。とても実用的な女だなあ、現実的判断が的確だと感心する。私は母が情に流されたのを見た事がないからかも知れない。

「私ははじめっから帝大出と結婚すると決めてたの」と云うが、そううまくいくだろうか。それが母の虚栄心の核のような気がする。まんまとうまくいったのだ。「女はね、プロポーズされるように持って行くのが腕よ」とも云っていた。

父は字がうまい人だった。祖父あてに求婚の手紙を巻き紙で書いたそうである。祖父は小学校しか行っていなかったそうだが、すっかり感心してしまったのだろう。父が先に赴任して、船で四国まで母は赤ん坊の兄を連れていっている。

いとこが云っていた。「利一叔父さんは宮内庁の侍従長の家庭教師していて、その娘と縁談があったのよ。親戚中で笑っていたわよ、アカが侍従長の娘かよーって」

私も笑った。

二人とも丁度よかったのだろう。

叔母は情だけの人だった。見栄《みえ》っぱりでもなかった。四歳年下のあまり学歴のない優しい叔父と結婚した。そして生涯二人の弟妹のめんどうを見た。私のひいばあさんと祖父の葬式を出し、祖父の看病も叔母一人が文句も云わずにやった。

母さんは、あっち向きに寝ていた。

私は母さんのふとんに入って、ほっぺたをなでてやった。「かあさんきれいだねー、若いときもてた?」「まあまあよ」私は笑った。すると母も笑った。えらいもんだ、適当な相槌《あいづち》の打ち方を知っている。ぼーっとしながら、「わたしはおとうさんとおかあさんはもういないの。かわいそうなわたし。でもおばあさんが居てうちにかえるとあの太った人がいたの、だれだったかねェー」

11

私は大人に好かれない子供だったと思う。嫌な子供のオーラを出していたに違いない。そして事実、実に嫌な子だった。

タカシを大きな藤棚の上からけ落とした事もある。夕方うす暗くなった砂場に毬《まり》を埋めて帰って来た事もある。タカシがその前に私の毬を堀に投げ捨てたからだ。私は母に云《い》いつける習慣がなかった。云いつけると「またあんた、何かやったんでしょ」とジロリとにらまれるからだ。あのジロリをやられるんだったら、タカシと組んずほぐれつ泥だらけになってけんかした方がましだった。

いつか自転車が塀の方に倒れかかって一番大事な洋服を釘《くぎ》でひきさいた事がある。母になど云ってなかった。私は困惑し、まさえちゃんのお母さんのところに行って

「すいません、これ直して下さい」と云った。まさえちゃんは色白でもの静かな、いかにも母親に大事にされているような子だった。娘を愛している母親は、その友だちにも優しい事を私は知っていたのだろうか。

そしてその事があった後、私はまさえちゃんをいじめるようになった。今はそのメカニズムが私にはわかるが、その時はただムラムラとするのだった。まさえちゃんは「お母さまが云っていたけど」と必ず話のあたまにつけるのだ。静かに小さな声で。もちろん木登りも藤棚に登るようなこともしないし、すぐうつむくような子供だった。

校庭で草とりをしていた時「お母さまが云っていたけど、不良も小さい時に抜いたら不良にならないって、だから草も同じなのよ」「だって芽が出た時、まだ不良かどうかわかんないじゃん」と私の心は云っているのだ。そして私は自分がひっくり返るほどの大きな草を抜く快感が大好きなのだ。

中学受験に私は合格し、まさえちゃんは不合格だった。実にスカッとしたが、落ちたまさえちゃんを合格した山口君が一生懸命なぐさめているのを見た時、実に複雑な気がした。私は山口君が好きだったのだ。

合格発表の時、私は汗だくになって家にとび込んだ。「入ったよ」母は茶碗《ちゃわん》を洗っていたが私の方を見なかった。「受けるだけって云ったでしょ、あんな所行ったらますます生意気になる」

大学の付属中学だったから金がかかるという事はなかったが、父まで不賛成なのだった。外の家では赤飯を炊《た》いていたかも知れないが、うちの夕食はただ私は首をたれていた。

自分に都合が悪い事は忘れている。私は行きたい行きたいとがんばったというより、云いつのったのだろう。また、出来もしないことをいくつも約束したのかもしれない。強情は強情だったのだ。私がどんなに手の負えない強情か、私は何一つ思い出せない。人の一生の記憶は自分にだけ都合がいいものだと思う。

私は入学した。十三歳反抗期のスタート。そして全開した。

私が母の何を具体的に嫌だったか、全然思い出せない。何でもかんでもムカついていたのだと思う。母の匂《にお》いがむかついた。おしろいの匂いの中に浮いてくる母そのものの体臭、巾《はば》の広い背中と臼《うす》のような尻《しり》。何か云うと間髪をいれず「そんなことありません」と瓦《かわら》で頭をたたきつけるような口調、私にだけでなく妹や弟にも「うるさい」とまとわりつかせなかった粗暴な身のこなし。それ位しか思い出せない。しかし反抗期に休日はなかった。高校生になっても終らない反抗期だった。

そして私も加害者になっていた。私は家の中で全く口をきかない人になっていた。

十八まで私はほとんど口をきかなかったらしい。八歳年下の妹は私の不機嫌が耐えられなかったそうである。

要領のいい二女は私を見て学んだ。気がついたら妹は母のお気に入りで、妹は母の目の届かないところで自分のしたい事だけを勝手にやっていた。父にも気に入られていた。愛嬌《あいきょう》がよかったのである。「お前は母親似だな」顔立ちの似ているところを云っていたのだろうか。

母は二女の顔を見るたびに「あんたは洋子のようにならないでよ」とお経のように唱えていたそうである。

そして十二歳年下の妹を私はペットのように愛玩《あいがん》したのである。どこに行くにも自転車に乗せて行った。午後から雨が降ると午後の授業をさぼって幼稚園の妹を傘を持って迎えに行った。セーターにもワンピースにも刺繍《ししゅう》をしてやった。幼稚園の遠足の弁当まで作った。しかし妹は何も覚えていない。二四〇円入った私の財布を自転車から落とした時私が怒った事と、荷台に乗っていた妹の足がスポークの間に入ったのにすぐ気がつかなくて、ものすごく足が痛かった事だけ覚えている。

人間は正しくない。

高校三年になると受験のために私は度々上京した。

祖父はすでに死んでいた。

私は「ヒーヒー」としか云わないシゲちゃんと、ほとんど口をきかないドタドタ歩くキミちゃんに少しずつ慣れていった。

叔母は私に云った。「洋子ちゃん、よくしたものよ。ゆみ子はシゲちゃんを守るの。タローはキミちゃんをかばうの」叔母の家には私の家にはない雰囲気が満ちていた。叔父は誰が見てもふり返るヒーヒーシゲちゃんを銭湯に連れて行き、全身洗ってやっていた。

シゲちゃんは口がきけないのでたまに怒ることがあった。口からよだれをたらし、泣きながら自分の耳を死にものぐるいでひっぱるのだ。小学四年生のゆみちゃんはすぐお茶を茶碗に入れ「ホラホラお茶よ、ね、お茶のみなさい」と駆け寄るのだ。それで収まる事もあったが、収まらない時もあった。シゲちゃんはさらに死にものぐるいで「ウォーウォー」と叫びながらバカ力で自分の耳をひっぱると、耳のつけ根から血がだらだら流れて来る。叔父はシゲちゃんに組みついて柔道のおさえ込みのように畳に倒し、しばらくまたがっている。

大声で「シゲちゃん、駄目でしょう!!」と叫ぶがその声の中に一筋の怒りも憎しみも含まれていない事に私は心を打たれた。

叔父にとっては赤の他人である。

お茶を飲みながらお菓子など食べようとすると、すかさずタローちゃんが「キミちゃんのは」と云うのだ。

私は叔母に「どうしてお嫁に行く時家を出なかったの」と聞いた事がある。「そしたら誰がシゲちゃんとキミちゃんの面倒を見るのよ」「うちのお母さんが長女じゃない」「そう云ったら何だけど、いいあんばいにお宅お父さんが亡《な》くなったでしょう」でも私は知っている。祖父が死んだ時、父が「二人のうち一人はうちが引きとらにゃあならんだろ」と云ったら、母が間髪をいれず「嫌ですよ」と叫んだのだ。そして本当にいいあんばいに父が死んだのだ。

シゲちゃんとキミちゃんのことが家で話題になったことはその時しかない。母の口から二人の名前が出たことは、一生に一度もなかった。

渡辺先生の奥さんに電話した。先生は五年前に亡くなった。奥さんの手紙は母宛《あ》てに老人ホームに来ていた。もう母さんは寝たきりで何もわからなかった。

先生も呆《ぼ》けて亡くなった。八十過ぎの奥さんは、先生が亡くなったのを受け入れるのに五年かかったと云う。与謝野《よさの》鉄幹と晶子《あきこ》のような夫婦だと昔から思っていた。あの夫婦は夫婦でなくて生涯恋人同士だったのだ。

新婚ですぐ出征した先生は、

親想《おも》ひて国の子哭《な》けば

黒髪のひとのこころも痛むといふか

という歌を戦場から送った。

奥さんは先生に、

ふるさとの母のなげきを身に沁《し》みて

おもふやさしきますらをや君

という歌を返している。

奥さんは永遠の文学少女で、いつまでも船場のお嬢さんだった。最後に行った時、先生は「洋子ちゃん僕頭がバカになっちゃった」と云った。奥さんは白い顔にひとさし指を当てて、じっと先生を見ながら「私どんなこともフジオさんに決めてもらっていたから、本当にどうしていいかわからない。習慣ですぐ『フジオさん』と呼びかけてしまうのよね、なおらないの」と云った。私は返す言葉がなかったが、とても美しいこの世を見ているようだった。

私は子供の時から奥さんが大好きだった。ある年の暮れ、奥さんはボーナスで白い革の長靴を三足買った。その頃そんなものは本当に珍しいものだったと思う。男用と女用と子供用が並んでいたのはどんなに素敵だっただろう。そしてそれでボーナスは消えた。

母は実用の人だったからあきれて、「ナンダ、カンダ」と云っていたが、私はその時から奥さんが好きになったと思う。

「ナンダ、カンダ」の母は、安ボーナスで子供の新しい下着をそれぞれ与え、古いセーターを編み直して子供たち皆《み》んなに正月用の洋服を用意した。大晦日《おおみそか》には蕎麦《そば》があったし、おせち料理の煮物などが大皿にきれいに並べてあった。

母さんはどんなに子供をなぎ倒しても、家事能力が非常に優れていたのだ。私も母に「ナンダ、カンダ」と云ってばかりいても、料理も編物も縫い物も見よう見真似《みまね》で母から習得したものだ。

奥さんの三重子さんは二〇〇四年に「一九四〇——渡辺藤男《ふじお》戦前日記」を発刊している。私はあんなに知的レベルの高い熱愛夫婦を知らない。三重子さんの住所は、東京の老人ホームになっていた。

「私入れられちゃったのよ。子供達に私がいくら嫌だと云っても、云うこと聞いてくれはしない。本当にこんなところ嫌だわ。馬鹿《ばか》げたところよ。時間がすぐこま切れになってしまう。おやつだ、ごはんだ、ハイおりがみだ、童謡だって、子供じゃあるまいし馬鹿になってしまう」

私も母をだまくらかして入れた。素直に入った母が痛ましい。

入りたての頃、私が帰るのをいつまでも玄関の前に立って笑いながら手を振っていた母を思い出すのが、つらい。何年たっても母を捨てたと思わない事はない。

三重子さんは「私がんばるわよ、こんなところでも。洋子ちゃんもがんばりなさい」私を励ましてくれて電話が切れた。八十六歳でまだ文学への熱情が燃えている。

三つ並んだ白いブーツも文学だったのだと思う。

八十六歳の頃母さんは、財布の中にせんべいを入れていた。トイレットペーパーが三面鏡の引出しから出て来ていた。そして「いいから」と云うのに、足を引きずりながら「大丈夫、大丈夫」と私の腕につかまりながら玄関の前で手を振っていたのだ。

今日母さんは向こうを向いて寝ていた。

しばらくボーっと見ていた。

三面鏡の中にはもう何もない。かすかにお白粉《しろい》くさい。からっぽなのだ。母さんの頭の中も三面鏡の引出しみたいなのですか。

12

私は浪人と四年間の学生生活を、叔母の家を出たり入ったりまた出たりして生活した。

学生寮に入って二年程すると、年がら年中友達が長居したり、そのくせ私も友達の部屋にいつまでもいるのだ。知らぬ間にコール天のジャケットが消え、道で友達がグリーンのジャケットを着ていて、「あ、借りた」と云《い》ったりしたし、私も同じようなことをしていたのだろう。うーん気を引き締めにゃならんと思うと、叔母のところに行って、まことしやかに「一生懸命気を入れて勉強したい」と云う。

叔母は「あんた、偉いわ」と感心して、「でも寝るのはシゲちゃんたちと同じ部屋よ」と云ってくれた。三人で寝る六畳間は異様な匂いがしたがすぐ慣れた。何でも人は慣れるのだ。

叔父は水産会社のサラリーマンで捕鯨船に乗ると半年は留守だったので、叔母は気が楽だったのか、もう一応大人になっていた私を話し相手にしたかったのかもしれない。私と叔母は実によくしゃべくり暮らしたと思う。私は叔母が好きだったのだ。人が普通に家族や他人に優しいということを知ったし、相性もよかったのだろう。

少しやくざなところもあった。きせるで卓袱台《ちゃぶだい》を叩《たた》き、「ちょっとそこに坐《すわ》りなさい」と云われると、飛び上がる程怖かった。説教の中味は何も覚えていない。ずいぶんあとになって叔母が、「あんた説教するの面白かったわ、首たれてごめんなさいって、まあ素直だったのよ」えっ、私が素直？　とその時びっくりした。私は母とはよじれ切って、強情の固まりだった。自分でも、自分が素直だと思ったことはなかった。

時々母が上京して来ることがあった。母は来て帰るまで、ずっとお客様をやっている。私と叔母は台所で働きながらこそこそ、「なんであの人どてっと坐りっぱなしで威張ってるの」「あっはは、あの人は偉いんでしょ、長女だから」叔母はよく笑う人だった。

夕食の時、家中が茶の間に集まる。すると母が叔母に「ねえこの人達どこかやって。もうごはんがまずくなる」と云った。私は仰天したが、叔母は「あんた達台所で食べなさい」と笑いながら云い、無口なキミちゃんはギロギロ母をにらんで立ち上がった。母にとって知恵遅れの妹弟は何だったのだろう。来ても二人に声をかける事は一度もなかった。この人には情というものがないのだろうか。そして叔母は情だけの人だった。

私は母を母としてではなく、人として嫌だった。

何度も私は叔母に「何で絶交しないの、あんまりじゃない」と云った。「私だって腹立つことあるわよ、でもね、たった一人の姉さんじゃない。ほれ、あの二人はアレだからね」「叔母さん腹立たないの」「立つこともあるわよ。そういう時はね、仏さんの前でお経あげながら、私には姉さんは居ません、姉さんは居ませんと唱えるの」多分叔母は一度も母に向かって非難めいた事を云ったり、けんかをする事はなかったと思う。

叔父はサラリーマンだったから転勤しないと出世が出来なかったが、全部断ったと云う。社宅では小さすぎるのと、会社の人にも具合が悪かったと思うが、叔父も母に嫌味を云う事はなかった。

そして最後に、大阪に転勤した。その時重症のシゲちゃんを千葉の施設に入れた。入れたすぐあと私は叔母を車に乗せて、千葉まで行った。一月に一度は必ず大阪から上京してシゲちゃんのところに行った。行く度に叔母は帰りに泣いた。シゲちゃんが車が見えなくなるまで微動だにせず突っ立っているのだ。

人は慣れる。しばらくするとシゲちゃんには沢山の友達が出来て、シゲちゃんのお世話係になった知恵遅れの人も居て、叔母が行っても友達のあとをずっとうれしそうについて歩いて、帰る時もうれしそうに笑うのだ。

叔母は「現金なもんねェ」と笑ったが、安心もしたと思う。それでも叔母は大阪からはるばる月一度は必ず来た。一昨年シゲちゃんが死ぬまで。叔母は八十過ぎていた。

母は呆けてしまって、何にもわからなくなっている。

たぶん重度の知的障害のシゲちゃんよりもっと重度の障害者になってしまった。

シゲちゃんはお茶と煙草《たばこ》が好きだったから、叔母は必ずお土産に煙草とお茶を持って行く。シゲちゃんはヒーヒーと笑って手を叩き、するとシゲちゃん係を自任する友達が叔母からそれを受け取り、シゲちゃんの押し入れの片すみにきっちりとしまい、「ここ、ここ、ね、シゲちゃん」と云い、「毎日三本ね」と自信に満ちて云った。もしかしたら子供の時からこういう集団に居た方が幸せだったのか、私はわからなくなる。

叔母は大声で笑い、そしていつでも少し泣いた。

私は休みで帰省すると「どうして行ってやらないの」としつこく母に云ったが、母はひと言も返事をしなかった。それは見事に無視した。それでも私はしつこく言ったと思う。

ある時「よっちゃんは馬鹿よ」と云った事がある。私は絶句した。

一昨年シゲちゃんが死ぬまでに、母は二回だけ会いに行った。

一回目の時は、たぶん入ってもう十五、六年位していただろう。私はもう結婚して子供もいた。

叔母と一緒に行って母が私の家に帰って来た。母は着物をぬぎながら、子供が親に云うように、私に「行って来ましたからね」とどなった。私がうるさかったから行ったのだ。この人は弟に嫌悪《けんお》しかないのだ。情のかけらもないのだ。

もう一度行ったのはそれから十年位してからで、その時叔母が私に云った。「あのね、駅で姉さんが『云っておきたい事がある。もうこれが最後よ』って云ったのよ」そしてげらげら笑った。「驚いたわねェ」叔母は煙草のけむりをふっと吐いて、けむりを見ていた。

「ふーん」私も驚いて、畳にひっくり返って天井を見た。

「叔母さん、おじいちゃんとかおばあさんとか、母さんに誰か似ている人が居たの」

「そんな事ないわよ。おじいちゃんは情は厚かったし、それにおじいちゃんは、シィ、シィって姉さんがお気に入りだったのよ」「そんじゃ、駆け落ちしたおばあさんは？」「あの人は馬鹿だったけど、ただただ優しい人だったわよ」「どうして、あんな人になっちゃったんだろう」「さあね、生れつきなんじゃない」「子供の時も？」「だってね、シゲちゃん小さい時、外でウンコしちゃうのよ。すると近所の子が、シゲちゃんウンコしたぁ、って云いに来るのよ。でも姉さんは、ホラヨシコ、って云って一度も行かなかったわよ」「何で叔母さん云いなりになっていたのよ」「だって長女だから偉いんでしょ」叔母はゲラゲラ笑った。「何で母さんが結婚した時、出て行ったの」「だって、東大出じゃなけりゃ嫁に行かないってずっと云ってたのよ。そしたら本当に東大出をつれて来ちゃったじゃないの。それで満州行っちゃったし」「何で父さん母さんがよかったのかなぁ」「おっぱい、おっぱい、こんなゆさゆさだったから」

叔母はいやらしく下品になった。叔母はやせて背が高く、本当におっぱいなど胸板にへばりついているようなのだ。「叔母さんはどうして叔父さんと結婚したの」「この人なら、シゲちゃんやキミちゃんをちゃんとみてくれると思ったから。どこまでも優しい人だと思ったの」「その通りだったじゃん」「でもホラ、あっちの方よ、浮気浮気」「一回位いいじゃん」「あーら、洋子ちゃんそういう人なの。一回だって許さない。一生許しませんからね」

叔母は私が友達を連れて行くと、友達にまで「ごはん食べて行きなさい」と云ってくれた。そして台所で「ほら、一人分余計に作らなくちゃならないから、これを伸ばすのよ」と、トンカツの肉をビールビンで叩いて伸ばしながら、「あんた伸ばしすぎよ、肉だか紙だかわかんなくなっちゃうじゃないの」と笑う。楽しかった。

どすどす歩くキミちゃんも何かがきっかけで、強情になることがあった。「もう、テコでも動かなくなって、口きかなくなるんだから」本当に叔母さんは大変だった。「でもね、見ててごらんなさい。『キミちゃんねェ、そんなに云う事きかないと、姉さんの所へやっちゃうわよ』」と云うと、キミちゃんの眼に恐怖が浮かんで、反射的にピュッと立ってしまう。そして私をつついて、「ね、これが一番きくのよ」大声で笑うが、私はとても変な気がする。知恵遅れでも情のなさは誰よりわかるのだろうか。

「おじいちゃんは、母さんのそういうところわからなかったの」祖父は胃ガンで六十歳で死んだ。叔母が一人で毎日病院に行き、最後まで看病した。手術して一年位で死んだ。母は一度見舞いに行き、危篤で意識がなくなってから行った。

「おじいちゃん、最期《さいご》に云ったわね、シズコは駄目だってかわいそうな松本清張の口のおじいさん。

母さんは父親も愛していなかったのだろうか。

しかし母は、私が叔母とベタベタとひっついて母とは交さないような話をしたり、ふざけ合っているのを知っても、何も云わなかった。私が母の立場だったら不愉快だっただろうし、嫉妬《しっと》も嫌味も云ったと思う。一度も何も云わなかった。

母は叔母にたぶん一回も感謝の言葉「ありがとう」も、責任を全部叔母に押しつけたことに謝罪の言葉「ごめんなさい」も云わなかった、と思う。心になかったとは思わない。

何かの時に「ええ、ええ、私はどうせ地獄に行きますよ、よっちゃんは天国に行くんでしょ」と云う事があった。

母は誰にもごめんなさいとありがとうを云わない人だった。

父とけんかして父が「あやまれ」とどなった時、「あやまりましたよ」「いつあやまった」「だからさっき、そうですかって云ったじゃないですか」と云ったことがある。「そういう日本語はない!!」とまた父がどなっていた。

ごめんなさいも、ありがとうという言葉も、お口に合わなかったのか、あるいは生涯初めに、ごめんなさいとありがとうを云うきっかけを失ってしまったのだろうか。

そこにふたでもつまってしまったのだろうか。

あるいは、どんな事にも感謝の気持ちと贖罪《しょくざい》の気持ちを持たなかったのだろうか。

あるいは、ありがとうとごめんなさいと云う事が、人生の負けのように思っていたのだろうか。自尊心が狂っていたのだろうか。

ごめんなさいの代りに母は、「そんな事ありませんよ」とまず叫ぶのだった。それは人の話をまったく聞かないという事だった。

私も三十、五十となり、母も五十、七十と年を重ね、日本中は経済的にも楽になった。

清水に住みついた母と、娘三人は東京と関西に別れて暮らし、それぞれ連れ合いも孫も出来て、娘たちももう争うこともなくなり、それなりに平穏に暮らした。

母は身ぎれいななりをし、いつまでも化粧はばっちりして、年よりもずっとずっと若く見え、誰からも「まあお若い」と感心されると気取って口を押さえ「ほ、ほ、ほ」とそれは嬉《うれ》しそうに笑った。

母が六十代の終り頃だったか、私がまたシゲちゃんとキミちゃんの事を持ち出した事があった。「母さん、別に恥ずかしい事でもないじゃない。家族にそういう人が居る家たくさんあるよ。大江健三郎見てごらんよ」間髪をいれず母が叫んだ。「あれは商売でしょう」私はぎょっとした。

13

〝火事は何処《どこ》だ、牛込だ〟という伝統が江戸時代からあったらしい。

叔母の家の近くにも小便くさい映画館があった。第二東映というのがあった時代である。私は叔母とよくその小便くさい映画館に行った。叔母は大川橋蔵という役者が好きで、「あの目付き、色っぽいのよ」。市川雷蔵も好きだった。

大川橋蔵がまとい持ちで火消しになっていたらしく、やくざが火消しだったらしい。劇中子分がとび込んで来て、「火事だァ」「何処だ」「牛込だ」というと映画館中がどっと笑う。牛込の真んまん中の映画館なのだ。そして本当に火事になった。三十九軒焼けたのである。二月の日曜の昼だった。

叔母と私は内職のボール紙に布をはりつけていた。今でも布の青い木綿の縞《しま》模様が目に浮かぶ。「火事だァ」と小学生の従弟《いとこ》のタローちゃんがとび込んで来た。と同時に内職の発注元の小父《おじ》さんが、靴のままものも云わずに、内職の材料をかかえていった。

呆然《ぼうぜん》として二階に上がろうとすると、二階に下宿していた早稲田の大学院生が弾丸の様に飛びはねて、玄関に入る前から「論文!! 論文!!」とどなりちらして自分の部屋に突っ込んでいった。

二階に行った。四軒先位に火事は迫っていた。顔が熱かった。私は明日が一浪した大学の試験日だった。私は受験用の道具一式、美術学校だったから鉛筆と消しゴムという具合にはいかず大荷物だった。私が下へ運ぼうとすると目をつり上げた叔母が、「自分の事ばっか、そんなのあとにしなさい!!」そして、私にふとんをどさりとかぶせた。

しかし私は自分の将来は捨てなかった。

火事は隣家の前の家で止《や》んだ。隣の前の家を延焼を防ぐために消防隊が壊した。いくら牛込でも三十九軒は大火事だった。

二階の屋根瓦《がわら》にバケツの水をぶっかけると一瞬で湯気が立ち、瓦は白くかわいたままだった。終れば笑い話だ。

手伝いに来てくれた、いつもおちょぼ口で気取っていた薬屋の奥さんが、着物のまま台所の屋根にすね丸出しでよじのぼって来てくれたのもあとで笑った。

まるで知らない小父さんがとび込んで来て冷蔵庫を一人でかついでいったのも、「誰だろう」と笑った。家の中はドロドロで大学院生も私も従妹も皆んなたたみをふきながら笑っていた。

私は我が家の事よりも、内職の発注主が土足でとび込んで来たことで、仕事が、大事な責任なのだと学んだ。大学院生が「ロンブン、ロンブン」とそれだけ助けたのが、何が一番大切なものかというのがわかった。

でも叔母が明日の私の受験を「自分の事ばっか」と云った事がしこった。

叔母さんは自分の子だったら、どうだったのだろう。やっぱり他人の私の将来よりも、シーツになげ入れた汚い古い靴の方が大事だったのだろうか。ただ興奮していただけだろうか。

私が子供の頃、何か手伝いをいいつかった時、母が恐かったので手伝いながら、「私、今〇〇ちゃんと遊ぶ約束してたけど、ま、いいか」と云ったことがあった。すると「行きなさい、約束は守りなさい」と云われた。

その頃、従妹が中学生で、夏休みの絵の宿題があった。

「洋子ちゃん、ゆみの絵描いてやってちょうだい」と云われた。「ゆみちゃんが描いたの直すのならやってあげるよ」

ゆみちゃんのパレットは真っさらの真白だった。「ほら、絵具をたっぷり出して、全部」と云うと「えー、パレット汚れちゃうよ」私は驚いたが、「描き終ったら云って」と云って放っといた。

そして夜になったら叔母に呼ばれた。「ちょっとそこに座りなさい」と云われ、「あんた私が描いてやってと云ったでしょう。何で云われた通りにしないの」と云う。「だって、私が描いたらゆみちゃんの絵じゃなくなるし、中学生の絵にしてはうますぎてばれるから直してあげるよ」「いいの、ゆみは美術の成績が悪いの、ちょちょっと描いてやることがどうして出来ないの」私は黙った。めちゃくちゃな話ではないか。私は黙り続けた。

「あんた、どこまで強情をはるの」

私はその先を覚えていない。一人で泣いたことだけ覚えているから、多分描いたのだろう。叔母には社会という認識が無いのだった。世間どまりで、何より家族を愛していた。そしてそこには、悪意など一かけらもないのだった。

妹が夏休みの宿題をさぼってためてしまい、上の妹がしゃかりきになってドリルなどを手伝い、私は日記などを創作して、私の云うとおりに妹が字を書いたりしたことがあったが、母は「自分でやらせなさい」と荒い声でどなった事を思い出す。

私の反抗期ははげしく長かった。母が泣きながら「私のどこが悪いのよ」と云《い》ったことがある。私は「優しくない」と一言云ったら母は黙った。私はその時母が黙ったのをひどく鮮明に覚えている。誰かが何か云うと母は、「そんな事ない」から会話が続くことが一生続いていたからだ。それは遺伝した。上の妹は「そんな事ない」の代りに「違います」とはげしく云い、私は「だって」と云うのだ。今も、云うのだ二人とも。

父は酒を飲むと人を連れてくる癖があった。酔わなくても人好きだったのだろう。北京では乞食《こじき》の横にしゃがんで話をしていた。中秋の名月の日は庭に人が集まって、お客と酒を飲みながらあごをつき出して空をあおいでいた。

引き揚げて高校の教師になると、生徒が遊びに来ると未成年の生徒に酒を飲まして議論するのが好きだった。仲間の教師が酒を飲みに来、昔の友人が遠くから来ることもあった。

そのどんな時でも母は料理を作り、機嫌よく同じ席で笑っていた。ひどい時は夜中に酔っぱらいを連れて来た。もう寝ていても母はすぐ起きて、酒の用意をして酔っぱらいにつき合った。母がその事で父に文句をつけた事は一度もない。

父は高邁《こうまい》な理想や哲学を語っていた。最後には、何だか私には何語だかわからない「インターナショナル」を歌い、ワタナベ先生はドイツ語で「ぼだい樹」をうたった。

父はれっきとした左翼だったと思うが、母は左翼かぶれになどならなかった。母は頑迷な現実主義者だった。抽象的な議論など決してしなかった。ただ機嫌よく酔っぱらいの酒を用意し、あり合わせで手ぎわよく料理を作っていた。

いつか酔っぱらった生徒が「先生の家は理想の家庭だなあ」と云ったのを隣の部屋で(部屋は隣しかなかったのだけど)聞いて、私はびっくりした。正気の父と母は毎晩夫婦げんかをしていたのだ。私は中学生になるとこんなに話の通じ合わない夫婦は離婚した方がよいのではないかと度々思った。

そして、もし離婚したら、私が父のめんどうを見なければならないと思ったし、私は父の方が好きだったのだ。

でも母は、父が帰る時間にたとえ夕食の用意をしている最中でも、鏡台の前でパタパタとお白粉《しろい》をはたき、口紅をムッパッとつけていた。貧乏だったけど母は身づくろいはきちんとしていた。風呂《ふろ》のあと半裸でいても、家の中でも外出する時もだらしないという事はなかった。

ある時母がオーバーを作った。それを見て父は「何だ、それは、まるでまだらの熊《くま》みてえじゃねェか」と云った。又けんかが始まり、母は鼻を赤くして泣いた。

母はたとえば、毎日着物を着ている人がだらしなく着ていると、口をきわめて「なに、あのおはしょり、いつもななめで裏まで見えちゃって」と軽蔑《けいべつ》し、家の中が片づいてない人の事を、それだけで全人格を否定的にとらえて、かげ口をたたいていた。

どんなオンボロの長屋に住んでいても「うちは子供の居ない家みたいだって、よく片づいているから」と自慢したがその通りだった。整理整頓《せいとん》が上手で、たんすの中も何でもたたまれて並んでいた。母は有能な主婦だった。お金のやりくりも上手にしていたと思う。

父の転勤で静岡から清水に移って、長屋から小さな一軒家に移ったころ、父に母は「何か一つでも身につけて一人前になれ」と云われてすぐ、草月流の生花を習いだした。母は真面目《まじめ》だった。順々に免許を取った。

この人は優等生だったのではないか。私は叔母にきいたことがある。「母さん昔勉強が出来たの」「だから、おじいちゃんに気に入られて、いい学校に行ったんじゃないの」

私は叔母の家に下宿する様になってから気が付いたが、叔母の家にお客が来る事がなかった。叔父は一分も違わず毎日同じ時刻に帰って来た。私と叔母が夕食を作っている時、時計をふり返って、「見ててごらんなさい、あと一分すると叔父さんが帰って来るから」と云った。台所から路地が見えるのだ。本当に一分したら叔父が路地に現れた。「ほーらね」叔母はげらげら笑って、私はびっくりした。

叔父はお酒を飲まなかったからだろうか、叔父の友人を私は一人も知らない。シゲちゃんやキミちゃんが居たからだろうか。叔父は友人を必要としない人だったのだ。

叔父には叔母と家族が全《すべ》てだったのだと思う。そして家族を一人で束ねているのは叔母だった。叔父は本当に叔母を愛していたと思う。ある夏叔母は真っ白なスーツを着て立ったまま煙草《たばこ》をのんでいた。叔母は母と違って背が高くてやせていたから、四十の叔母は実にかっこよかった。

「叔母さん、すごい、似合うよ」と云うと「叔父さんよ、叔父さん、見栄《みえ》っぱりだから、もう。どうぞこれでスーツ作って下さいって、たたみに頭つけてたのまれたのよ。まったく」そして緑色のショルダーバッグをさげて二人で映画を見に行った。

しょっちゅう二人で映画を見に行っていた。叔母はグレゴリー・ペックが好きだったからハリウッド映画を見に行ってたのだと思う。近所の第二東映には私と下駄《げた》はいて行っていたから、新宿まで行ってたのだと思うが、私の家では考えられない事だった。

私が中学生の時、夕刊をめくりながら父が、「何が、素晴らしき哉《かな》、人生！だ。痛ましきかな人生だ」とはき出すように云った事があり、見ると、映画の広告をみていたのだ。父は娯楽というものを認めなかったのだろうか。

母は叔母を羨《うらや》ましがっていた。母はゲイリー・クーパーが好きだったらしく、「外人部隊」の話をしたことがある。父が、「馬鹿《ばか》らしい、砂漠を裸足《はだし》で歩けるか、やけどして死んじまうわ」と云った。昔二人で行ったのだろうか。

大人になってから妹が云った。「姉さん、私達叔母さんと母さんとどっちに育てられたかった？」

「悪いけど、母さんだわ、あそこで叔母さんに育てられたら、鯛《たい》焼きの鯛みたいになっちゃっていたよ。『嫌われて長生きしたくはなけれども　かわいがられて死ぬよりはまし』かもね。あそこんちの子反抗期が一度もなくて、一生叔母さん命のいい子になっちゃったね」

もう母さんは呆《ぼ》けていた。

「母さん、結婚した相手は誰ですか」

「わたし結婚なんかしなかったわ」

「じゃあ、佐野利一は誰？」

「誰なの」

「あなたのご主人ですよ」

「まあ、そうなの、主人なの。なんちゃってね」

私が笑うと母さんもうれしそうに大きな声で笑った。

「母さん、何人子供産んだの」

「さあ、そんなに多くはなかったわよ」

　七人産んで三人死んだのに。

「男の子いた？」

「居なかったと思うわ」

母さんあんなに兄さんを愛していたのに。あの悲しみも忘れちゃったのか、無くなっちゃうのか。人は悲しみを持ちこたえられなくなるのだろうか。

私は母さんが母さんじゃない人になっちゃって初めて二人で優しい会話が出来るようになった。

私は正気の母さんを一度も好きじゃなかった。いつも食ってかかり、母はわめいて泣いた。そしてその度に後悔した。母さんがごめんなさいとありがとうを云わなかった様に、私も母さんにごめんなさいとありがとうを云わなかった。今気が付く、私は母さん以外の人には過剰に「ごめん、ごめん」と連発し「ありがと、ありがと」を云い、その度に「母さんを反面教師」として、それを湯水の様に使った。でも母さんには云わなかったのだ。

私は十八で家を出て女子寮に入ったことがあった。夜になると友達が、バスタオルを顔に押しつけて「家に帰りたい、お母ちゃんに会いたい」と泣きに来ることがあった。ホームシックになっている子が沢山いた。私はその時、まだ見たことがない珍しい見せ物を見る様な気がした。

妹が私に聞いたことがあった。「姉さんホームシックになったことない？」「全然ない」「私も。私一度でいいからホームシックになってどんなものだか味わいたかったよ」

かわいそうな母さん。かわいそうな私達。人生って気が付いた時はいつも間に合わなくなっているのだ。

14

「母さん、テルコさん覚えている？」

「誰それ」母さんは一番始めにテルコさんを忘れた。一番忘れたい人を母さんの脳みそは上手に忘れさせた。よかったね、母さん、とその時私は心底思った。

「洋子さんてどんな人」と私が聞くと「あれは口が悪いけど、責任感のある頼りになる子です」「じゃあ、ミチコさんは？」「あれは虫のいい子です」「マサコさんは」「あれは、ものの役に立たない」母さんあんた本気なのか、嘘《うそ》ついているのか。

ミチコやマサコには都合のよい違う事を云《い》っているのかも知れない。呆けても保身術は本能として残るのだ。

「母さん何人子供産んだの」

「あら、私、子供なんか産まなかったわよ」

学校を卒業した年の十月に私は結婚した。自分で決めて、向うの親が反対したが平ちゃらだった。母には決まってから報告した。母は「親にも報告しないで」と泣いた。親不孝と何遍も云った。私はしらじらと泣く母を見ていた。

二十歳になった友達が家でお祝いするからと、呼んでくれた事があった。私も二十歳だったが、二十歳をお祝いしてくれる家族があるのだと複雑な気持があった。友人はとんでもない美人でヨーロッパ人の様に背の高い人だった。家族の中で他人は私だけだった。ごく普通の中産階級の娘で、育ちのよさそうな有名大学へ行っている兄さんと両親だった様な気がする。

友達はお祝いの乾杯をする前に、「何不自由なく育ててくれて、ありがとう。私はよい家庭の中でぬくぬくと育って本当に幸せでした。今後ともよろしく」とあいさつしたのだ。少し泣いていた。お母さんもうっすら泪《なみだ》をうかべて「あなたには何の苦労もかけられた事ないわ、こっちこそ無事に大きくなってくれてありがとう」こりゃ映画ではないのか。大柄な彼女はにこやかな素直な人だったから、芝居くさかったわけではない。そして乾杯した。明るくにぎやかな食事だった。私は驚いていた。フツウはこういうものなのか。うち以外の家庭は皆この様なのだろうか。育ちが悪いというのは私の様な人間を云うのだろうか。あの友達は結婚の報告をこの様にはしなかっただろう。

結婚相手を初めて母の所に連れていった時、母は社交上手な明るい母親だった。彼がトイレに立った時「ずい分鼻の大きな人ねェ」と云った。感想はそれだけだった。

しかし云う事だけは云った。「この子は下の妹の学資を出すという約束ですから承知して下さい」私達は就職していたが二人とも一万三千円の月給だった。

姑《しゅうとめ》は嫁が働くなどは恥かしい、花嫁修業をして来ない嫁は聞いたことがないなど云っていたが平ちゃらだった。

それから東京と清水に別々に住んだので、私と母はまあまあ平穏だった。

母よりも姑とつき合うのが難儀だった。世間通りの嫁いびりをしても、私はめげたりしないで笑っていてこたえないのだった。

姑は家に来て「うちの息子は、どんな家のお嬢様でも嫁にもらえるのに……」と母の前で泣いたそうで、私はアハハと笑い、それでも母は口惜《くや》しがっていた。

でも若いとは本当に勝手なもので、ただただ自分たち、自分の事しか考えないのだ。

そのうち知らないうちに母は家を建てた。私はやるもんだと感心し、しっかりがっちりしている母はもし男が出来ても男にだまされる様な玉ではないと変に安心した事を覚えている。

三十で私は子供を産んだ。姑は病院に来て「洋子、お手柄ね、男の子を産んでくれて」と云われて、むかっと来た。

母に知らせて、少し産後の手伝いをしてもらうつもりだったが、母は来なかった。大してうれしそうでもなく、叔母が大阪から来てくれた。「まあ、姉さんらしいわね」二人で母の悪口を云った。

叔母はひそひそ声で、「姉さん男がいるわよ、こないだ家に来た時、着物から白い紙が落ちたから見たら、箱根の旅館の領収書なのよ、二人分」ふーん、別にいいじゃん、私はもうそう思っていた。「でも、何で母さんが領収書持っているのよ、女の母さんが金払うわけ？」「あんたわかんないわね、男は妻子持ちなのよ、そんな領収書持ってかえれるわけないいじゃない」ハハアー、叔母さんシャーロック・ホームズか。私は母の男が誰か興味もなかった。ばれなきゃいい。母さんはばれる様なドジはふまない、あの嘘つきはそんな時黒でも白と平然と開き直る、あの性質はその時のために実に役に立つ。

そのうち弟が結婚し母は弟夫婦と同居した。上の妹は結婚して奈良で教師になり、下の妹は東京で保母をし、弟は市役所で地方公務員になっていた。

嫁と同居してほとんど次の日から、母は嫁の悪口を電話で長々とうったえる様になった。私はほとんど耳をかたむけなかった。母さんとうまくやれる嫁なんかいるはずがない。奈良の妹の所にも延々と電話した。妹も嫁が可哀相《かわいそう》だと思っていたと云う。

母は度々、上京して私の家に来た。嫁の事をうったえるためだった。そして二三日するうちに私とけんかになり、肩を落とした後姿を私は度々見る事になった。今、あの後姿を思い出すのが一番切ない。

そのうちに妹にも弟にも子供が産れた。妹のところには又叔母が手伝いに行った。弟の娘に母は夢中になった。七人も子供を産んだのだ。慣れたもんだっただろう。しかし子供が産れると嫁に対する攻撃がますます激しくなった。「あんた、テルコさんは赤ん坊をわきにかかえて歩いて、抱くってことがないのよ。ほ乳瓶を口につっこんで、赤ん坊ころがして放っぽらかしなのよ」まさか、母さんが孫に手出しをするのが面白くないんじゃないか。

母さんは嫁を追い出して孫と息子と三人で住みたいんじゃなかろうか。

ある日弟から電話がかかって来て、テルコと離婚したいと云う。「なんで」「ひゃあ、ありゃあしょうんねえだよ。子供が育てられねェ」この子はひどいマザコンのまんまなのだろうか。「じゃあ、今どうしているのよ」「ぜーんぶ母さんがやってるだあ」洗脳がかなり深いんじゃないのか。時々実家に行くと嫁は無口で黙々と働き、ズドンと胴体と足が筒になっていて、鈍感そうだが、母さんと弟に似合いじゃないか。「私達にはそう見えないけど。世間なみのあいさつだって上手にやるじゃないの」「そ、そ、商売人のところから来たから、そういうの上手《うま》いだよ、ウン、でもひゃあ、しょうんねぇだよ」私は離婚に反対した。

「あんたあの人、料理ってものが出来ないのよ、刺身買って来てドンと出して、おかず買って来るのよ」そりゃ、母さんに比べるからだよ、母さんは料理、主婦としてはかなりのレベルだったから比べちゃかわいそうだよ。

「あんた、あの人赤いハイヒールにソックスはいてうちに来たのよ、最初の日そのハイヒールがバカバカ大きいの」「母さん、おしゃれで見栄っぱりよりいいじゃん」母は上京して来て嫁の悪口を云って、帰りには嫁のためにセーターやらブラウスをかならず買って帰った。母は完全に嫁ノイローゼになっていると私と妹は云い合った。

私たち姉妹は嫁にめんどうをかけないため、なるべく母の家に行かない様にした。

「あの母さんにこの口の達者な小姑《こじゅうと》が行ったら、いやだろうね」

「あれだけわめけるんだもん。母さんまだ元気だよ」

それに結局は夫婦の間の問題で、弟が決めた妻なのだ。

私たち姉妹は娘としての情愛も人間的な寛大な理解力も持たなかったのだと思う。

七十歳の時、母は胃をほとんど摘出した。胃ガンだった。摘出した胃を医者は金ダライに入れて「女の方はお嫌でしたら結構ですけど、ごらんになりますか」三人の娘は首をつき出して金ダライの中のベロベロしたものを見た。四百字詰め原稿用紙位の灰肌色したものを、医者は大きい先の丸まったピンセットの様なものでふりふり振りながら見せた。

「普通胃壁というものがひだを作っているのですが、こんなツルツルの胃の内部は珍しい」私達は現物の他の胃袋など見たことがなかったが、何故《なぜ》か確かに珍しいと思えた。

母は病人の年齢にしては術後の快復は早かった。

しかし母は静岡でも清水でもない浜松の病院で手術した。

母の親友が浜松に居たからだ。娘三人は皆職業を持ちかかり切りで看病などしてくれそうもなく、地元の病院で嫁に看病もして欲しくなかったのだろう。

母の親友は見上げた人だった。母の親友があんな立派な人なのが、私達は不思議だった。鉄工所を切りまわし二人の子供を育て、お金の苦労もしていた人だったが、母は彼女を本当に信頼していた。稀有《けう》だったと思う。その誠実さと頭の良さ、胆《きも》の据わり具合。母が陰口をきいた事のない唯一《ゆいいつ》の人だった。

その人が病院にほとんどつききりで看病してくれた。

「私のガンはテルコさんからのストレスでなった」

私達は遺伝だよね、お祖父《じい》ちゃんも胃ガンだったもの。

お祖父ちゃんはそれが元でほぼ一年位で死んだが、母は全然死にそうになかった。食べ物がつかえるらしくて、少食になり、食後すぐ横になり胃のあたりをいつまでもさすっていた。

しかしその七年後、ヨーロッパ旅行に私より元気に参加した。

しかし、母の嫁ノイローゼは止《や》むことなかった。

「そんなに嫌なら、あの家族追い出せばいい。あの家は母さんの家だから」そう云うと母は黙る。母さんは嫁だけ出したいんだ、という事が伝わって来る。

孫のＰＴＡは全《すべ》て母が行っていた。

母は孫は可愛いのだ。うっかりすると私の息子も妹の娘も自分の孫だという事を忘れているんじゃないかと思う事があった。

母は孫が可愛くても、甘くはなかった。筋の通し方や善《よ》し悪《あ》しをあいまいにする事がなかった。

あーあれは、私達を薪《まき》が降って来るみたいに荒っぽく仕込んだのと同じだった。母さんは孫には優しい声を出すんだ。

母の七十七歳の十月に私は結構上等なヨーロッパツアーに母を連れていった。母は少女の様に素直でとってもいい子だった。

その時知ったが、私が知らないうちに母は一人でとっとと外国に行っているのだった。

まず北京に行き、それから大連に行き、「来年はイタリアに行くの」弟子をとって生花を教え、短歌だか俳句の会合に行き、どこかでコーラスグループにも入って、私は母の積極性と行動力とエネルギーに驚いた。その上、何とかいう宗教の教会にも行っていた。教会は嫁との葛藤《かっとう》と戦うためだとすぐわかった。元来信心が全くない人だった。母さんは母さんなりに必死なのだと少し心が痛んだ。

十二月の中旬、下の妹から異様な押し殺した声で、「兄ちゃんが、交通事故で三人はねたって」「誰か死んだの」「死んではいないけど、お酒のんでいて、今警察に居るんだって」

私は号泣し、号泣しながら着がえて新幹線に乗った。

15

十二月の中旬だった。弟は静岡のテレビに顔が映り、新聞にも車の写真が出た。私が清水の家についた時、弟はまだ留置場に居た。東京の妹と亭主、奈良の妹、私がその時一緒に住んでいた人もいたかも知れない。狭い家の中がごちゃごちゃで私もはっきり憶《おぼ》えていない。

母さんはウロウロしていた。こけしがウロウロしているみたいに見えた。こたつで、私の前にいて、腹の底からうめく様に、「あの子は厄病神だわ」と云《い》った。何てこと云うの母さん。ごちゃごちゃして細部は何も覚えていないが、被害者は三人の学生で、一番重傷の学生が骨折三ヶ月で、あとはほとんど傷がなかった。「母さん皆んな傷が軽くてよかったと思いなよ。誰か死んでいたら大変だったよ」

弟は役所を首になり、当然退職金はなく、職を失った。弟に全くけがはなかった。

年末、公務員、飲酒。

三日目に留置場に嫁と一緒に弟を迎えに行った。嫁は弟を見るとものすごい形相でにらみつけた。そして腕をとると力まかせに腕をつねり続けていた。当然だろう。そして車の所に行くと、「自分がなにしたか見てみな」とつきとばして、何度も弟の頭を車にぶちつけていた。当然だろう。しかし私には女の与太者みたいに見えた。母さんは一晩で呆《ぼ》けた。

被害者を見舞ったり、保険屋が出入りしたりした。母は民生委員をやめる書類を出しに行った。そこを出て来た時私は変に思った。芝居見物から出て来た時の様に口を斜めにむすんで、にっこり笑って気取っている様なのだ。

母の子供の中で、一番くそ真面目《まじめ》で、おとなしく、辛棒強い弟、決して出しゃばらず、他の人が嫌がる仕事を黙々とする弟、しかし神がまるでエース松坂ではないかと思う程、弟に集中命中する様に運が悪いのだった。私が号泣したのは、非運がとどめをさしたのではないかと思えたからだ。家に帰って来た弟程しょぼくれた男を私は知らない。

母がごった返す家の中で、「ねえごはんまだ?」と云った時、嫁は、「何云ってるだよ、ごはんどころではないだよ！」と母を丸太棒でぶんなぐる様に云った。そして嫁は切口上で「姉さん、お母さんを引き取っていただきます」と有無を云わせない口調でそれは恐い目で云った。

「はい」私は素直に云っているのだ。

そのごたついた事件の中で、私達姉妹は母さんがぐちっていた事がほぼ「本当」だったと自然にわかって来た。

日教組の理論家の上の妹も歯が立たないのだった。わけのわからないヒステリーの前で、正論は何の力ももたないのだった。

何年もたって妹は「母さんは家の中に居るだけで、胸がドキドキしていたって云っていたけど、わかるわ、私もあの人が居てバターンって、ふすまをしめると、胸がドキッとして、あの人がいつどなるんじゃないかとずっと動悸《どうき》がおさまらなかったよ」

「私ら、外で負ける事ないのに、口惜《くや》しいね」

母はおとなしく東京の私の家に来た。私が同居していた人の家は、やたらたくさん部屋があったので、空間的に困る事はなかった。

落ちついたら、自分の家に帰るだろうと思っていた私は甘かった。母のあとを追うように、洋服だんす、三面鏡、洋服から靴から全てがトラックでついた。

母さんの生活の全てが、あの土地に根づいていた。友達やお花の生徒、コーラスや短歌のグループ、父のお寺、のどかな空、子供達をピクニックに連れていった山や海。母は最後まで、あの土地をふむ事はなかった。

嫁は二度と母の顔を見なかった。でもあの家は母さんの家だよ。


東京で、生れ育った母であったが、東京はもう母にとって異郷だった。モガで銀座をのし歩いた母はどこにもなかった。

私は、頭の中でかわいそうと思っても優しい娘ではなかった。

母は、私の知っている母でなくなった。私のつれ合いに遠慮し、私に気を使って、猫の様に音もなく広い家の中を歩いていて、優しいおばあさんになってしまった。

私のつれ合いは人に親しむ人ではなかったから、私は気が楽だった。今でもあの人にとって母は家具とかバケツと同じ様なものだったのだろうと私は思う。とても感謝している。

東京の下の妹は、ほとんど連日の様に母の所に遊びに来ていた。

あるいは母を自分の家に連れていってくれた。嫌味なことに、連れていった日をカレンダーに印をつけて行くのだった。

妹は私が母に優しくない事に、心を痛めていたのだと思う。

時々若いもんが、三、四人来ることがあった。夕食時に、私は「母さん悪いけど、外で何か食べてくれる？」と云うと、「はい、はい」と出かけた。しばらくして、私達はぞろぞろ歩いているとそば屋から、母が出て来た。一人で。そして、私達を見て「あら」と笑った。私は皆で中華を食べに行こうとしていた。私は今でもあの時の一人ぼっちの母の姿を思い出すと泣く。

息子が「あーあ、母さん。おばあちゃんかわいそー」と云った。

それでも、私達は裁判とか、弁護士とかの事で、しょっちゅう清水に行った。

事件のすぐあと「慰謝料をもらいたい。私が恥をかいたから」と嫁に云われた。

弟はせっせと娘のために安月給から学費をつみ立てていた。見舞金や弁護士料とかであっという間に消えた。

「私は短大に行けないだかあ」泣く姪《めい》を抱いて、「大丈夫、大丈夫、あんた何にも心配しないでいいの」と一緒に泣いた。

下の妹の亭主が被害者の家に、毎日弁当を持っていった。弁当は妹が作った。

喫茶店で、弟と二人っきりになった時、「あんた、あんなもてていたのに、何で、テルコさんにしたの」「ひゃあ、猫かぶってただなあ、何云っても下向いて何も云わんさあ、おとなしくてええと思っただよ」と自分で云って、声を出して笑った。私も笑った。「そりゃあ、俺が悪いにきまってるが、ひゃあ、眠れねえだよ、ふとんに入るとまくら元に来て、一時間でも二時間でもどなるだよ、しょんないで風呂《ふろ》に入ると風呂に入って来てどなるだよ、ずーと、金の事しか云わねぇだ」「そりゃ、女房として当然かもねェ」「でも俺にゃ、どうしょうもねぇだよ」「猫いつまでかぶってたの」「一ヶ月もたたねぇうちに、出刃包丁ふりあげて母さんの事殺すってあばれただ」母さんが云った事本当なのか。「何でその時離婚しなかったのよ」「だもんで、家帰しただ、そしたら、両親が来て、たたみに頭すりつけて、離婚しないでくれって頼むだよ、あん時姉さんに云ったずら、そしたら姉さん反対したじゃねえか」あー夫婦の事に口出しちゃいけないのに。

私は母さんの事信じていなかったからだ。

弟は懲役一年半執行猶予三年、前科一犯になった。

それから弟は停年まで、市役所の外郭団体の公園何とか何とかという所で働いた。

今まで背広で行ってたが、そこには作業着ででかけるので、女房が毎日玄関でどなるそうである。「みっともないかっこうで、公務員だから嫁に来ただよ、私は」そうだろう、そうだろう。本当に運が悪かったね。

あとできいたが、母は孫が短大を卒業するまで三万円ずっと送っていたそうである。

ある日玄関をあけると家の前の四つ辻《つじ》の真中で、母が行きくれてぼうっと異様に立っていた。「どうしたの」「あっ、病院どっちだっけ？」病院はそこから見える所だった。ひざが悪くて、母は整形外科にずっと通っていた。呆けが少しずつ進んでいる。私はふたをしめると椅子《いす》になるショッピングカートを買って来た。母はもう七十九歳だったから私は充分老人だと思った。母は「嫌だわ、年寄りくさい」と云って一度も使わなかった。つえも使いたがらなかった。

多分母は一日中テレビを見ていたと思う。日に三度、「お母さーん、ごはん」と呼ぶと出て来る。母は食事の支度を手伝った事がない。私は昔二人で料理を作っていたのに。今思っても仕方ないけど無理にでも頼めばよかった。

母は猫の様に足音をたてずに食堂まで来る。あんなおしゃべりの母が、黙って、いつも始めてお客の家に来たように行儀が良い。私のつれ合いに遠慮して、何も云わない。私のつれ合いは実に口が達者な人で、その達者な口は私にだけ向って発音される。

はっしと受け止める私もたいしたものだった。二人ではてしなくことば遊びをしていた。そしてゲラゲラ笑う。同居人は食事がすむと一分も休まないで、仕事をしにゆく。

母は胃を切っているので、食事がすむとソファーに横になって下腹をさすっていた。

「不思議ねェ、あんた、前の旦那《だんな》と毎日けんかしたのにねェ、気が合うのかねェ」と云った事がある。前の亭主は私に時々暴力をふるう事があったが、それは、口達者な私が暴力をふるうように云いつのるからだった。前の亭主は言葉につまって、顔を真赤にして「ウッウッ」と云ったあと、「この野郎」と云ってとびかかって来るが、私は「ウッウッ」と云う時から、あーあー私が、あんな真赤な顔にさせた、なぐられてもしょうがないよナァと思っているのだ。なぐられながら、夫の暴力が悪いと思った事は一度もなかった。

二度目の夫は言葉だけで生きている人だったし、それが職業だった。この人は日本語を自分だけのものと思っているのか、と思うことがあった。そして人とまじわらない人だったから、けんかが出来る様な人格の種がないのだ。立派な人なのである。

母は家の中で、転んで腕を折った。入院して手術して退院して来るとさらに呆けが進んだ。「母さん、お手洗いに行っても、手洗わなくていいからね、ぬらしたタオルでふけばいいの」「わかった、わかった」と云うが、必ず手を洗いほうたいをびしょびしょにする。「お風呂はこっちの手は入れないでネ」母はわからなくなっている。

私は住み込みのお手伝いさんを頼んだ。ものすごい声の大きいがさつな人が来た。私は完璧《かんぺき》な人なんか居ないから、がさつな人は明るくていいと思った。

妹が来て、「あの人裏表があって、すごく母さんに乱暴だよ、やめた方がいいよ」そうかなあと思ったが、次の人をたのんだ。

次の人は静かな地方の人だった。母さんはお手伝いさんと別の食堂で食事をした。

その静かなお手伝いさんが、「こんな事云っちゃなんだけど、お母さんすごい人ですね、こんなすごい人に育てられたお子さん気の毒だと思いました」母は呆けても人を見ていて、静かな人には地を出したのかも知れない。「年とって、少し呆けているから、こっちの耳からこっちの耳に流しておいてね」

ある日妹が、「お母さんが、栄養失調になっちゃう、おさしみとおしんこと味噌汁《みそしる》とトマトだけなの」と私の友達に泣いて電話して来たそうである。

それで充分じゃないか。その前は、「お手伝いさん、下だけじゃなくて階段までおそうじするじゃない。お母さんの貯金からだけ出すの変じゃない？」

私はけんかしたくなかったので「わかった私が出す」と腹の中がかっかしたけどそうした。妹は私が母に優しくないから、何でも気になったのだろう。そのお手伝いさんは自分から、辞めてしまった。

私は母さんよりも妹の手あての方が苦になりだした。

もう忘れた、何人お手伝いさんを変えたか。参ってしまった。

「じゃあ、あんたお母さんを連れてって」「だってうちせまいもの」「近くに広い部屋さがして。私がお金出すから」妹はみつけて来た。私が優しくないから仕方ない。そして妹は云った。「私、出来ない」

五日市街道を通って母さんの所に行く。近くなるとあじさいの花がずーっと咲いているところがある。

母さんはどんどん呆けていった。どんどん素直になってかわいい人になった。

部屋の仏壇に父さんの写真がある、笑っている。五十歳位の父さんがいつも笑っている。

16

二年近く私は母と同居したが、それは愛情ではなく義務であり責任であった。

私は少しも母に優しくなかった。

妹は義務でも責任でもなく確かな情愛であったと思う。

美容院に連れて行くのは妹だった。私は甘いものが好きではなくて、間食をしなかったが、母は甘い物が好物だった。私は母のためにお菓子を買った覚えがない。もらい物の多い家だったので、たまたまいただきものがあれば、食べたかも知れない。妹はいつも母のためにケーキや和菓子を持って来ていたと思う。ふすまを閉めた母の部屋から、二人が歌をいつまでも歌っているのが聞こえていた。

妹はいつも優しい声が出せた。ごく普通の女の人の様に声を使い分けられた。子供の頃母がお客と話す時はよそ行きの声をどこかにしまってあるのだと思った。どうした事か私は地声しか出ないのだった。どこで学びそこなったのだろう。

何十年たっても猫にさえ猫なで声が出せないのだった。

私は社交というものが出来なかった。

妹も母も立派に社交の出来る人達だった。

母は胃を三分の二位切っていたので、食事のあと、食卓の側《そば》に横になって下腹をなでていた。「引き揚げて田舎にいた時、母屋《おもや》の人達は白米を食べていたのに、私達には麦しかくれなかった。たくわんはしっぽの方だった。上の義姉《ねえ》さんは何にもくれなかった」こういう時は母は地声で話をする。

もう何百回も聞きあきていた。「母さん考えてもごらんよ、七人家族が急にころがり込んで来たら、そんなに優しくできる？」母は実に不思議な反応をする。「そこなのよ、私がいいたいのは」私には何がいいたいのかわからない。

「金山の伯母さんはばあさんにかくれて、赤飯やおいも持って来てくれたじゃないの」「あー金山はね、金山だけだったわね」でもありがたかったとか、いい人だとは云わない。父の親友の奥さんで大学出の文学好きの人の事は、「いくら大学出でも、縫いもの一つ出来ないじゃない」母の記憶は不幸の連続なのだった。

「母さんいったいいつが一番幸せだったの、幸せだった事は一度もないの」

母は長い長い沈黙のあと、「そうね、清水の堂林町にいた時ね」と何か口惜しそうに答えた。それは父が死ぬ前の五年間位だった。近所の友達の家から走りながら帰って来る母の姿が思い出された。あゝあの時が幸せだったのか、小姑にいじめられている家の奥さんが泣きながら家に来る事もあった。母は一生懸命なぐさめていた。あの奥さんはすぐ前の家ではなく少し遠い母の所に来て母の胸で涙を流したのだ。

母さんはいい友達になれる人だったのだ。父の教え子達が五、六人正月に集まる習慣があったが、母は上機嫌で彼らをもてなし、楽しそうに話に加わり、お客好きだった。

父が死んだあと彼らは二十年以上毎年正月に来てくれた。彼らの恋愛話や、結婚話を聞き、ごたついている恋愛相手の女の所に話をつけに行ったりしていた。母は頼りがいのあるたのもしい小母《おば》さんにもなれた人だったのだ。

そのグループの中の二十歳でがんになって亡《な》くなった人が、死にぎわに母に会いたいと云って来た時も病院に行った。あっという間に死んでしまった人にも、充分なぐさめを与えられる人だったのだと思う。

そうだ、母さんが私の母さんではなく他人だったら、「生んでくれと頼んだ覚えはない」などとばちあたりの事を誰が云《い》うだろう。肉親は知らなくてもいい事を知ってしまう集団なのだ。家族だからこそ互いによくも悪くも深いくさびを打ってしまうのだろう。

私は母を好きになれないという自責の念から解放された事はなかった。十八で東京に出て来てからもずっと、家で母に優しく出来ない時も一瞬も自責は私の底を切れる事のない流れだった。罪であるとも思った。

母と妹が歌を歌っている隣の部屋で私は、母と同年輩のおばあさんに、毎日手紙をきれいな便箋《びんせん》で書いていた。

一人で暮している老人の孤独を私は充分に知っていた。当時私が住んでいた家にあった昭和の初期の和紙の巻き紙に毛筆で書いた。巻き紙は何本もあり、桜の花やききょう、野菊や松が木版で刷ってあった。東海道五十三次が日本橋から京都まで描いてあるのもあった。その家の死んでしまった誰かの、少女だった時のコレクションだったのだと思う。

それを惜しげもなく私は友人の母に毎日毎日書いて送った。

そして今もあのきれいな紙の使い方に悔いはない。

私は妙にバアさんに好かれる人だった。自責の裏返しだったのかも知れない。

私は自分と母の関係は異常なものだと思っていたが、四十を過ぎて、自分の母が嫌いな人が沢山居るのを知って驚いた。あゝ居るのか。

ある友人は時々首をしめたくなると云った。

その頃行っていた美容室の美容師は母親が嫌いで東北の実家に十六年一度も帰っていないと云っていた。

東京に実家があるのに下宿しているのは母親と顔を合わせたくないからだという若い編集者もいた。

フロイトは父と子の関係、母親と息子の関係は研究したが、母と娘の関係をシカトしたのはフロイトが男だったからだろうか。

しかし、それぞれの関係に同じものは二つとない。

母親が死んだら自分は自殺するという友達もいたし、恋愛結婚した人よりも母親の方が好きだという友人もいた。反抗期がなかったという人もいた。

愛されすぎて、うっとうしくて負担だという人もいた。

母親が立派すぎて、一生母親のいう通りに生きている人もいた。

そしてごく普通の程のよい関係の人も沢山いた。

そういう人達も沢山いると知って、私は安心したか。全然しなかった。

自責の念は年ごとに混った流れになる様な気もした。

私も親になっていた。私は子供に夢中だった。親の私はみっともないのだった。

「洋子を殺すに刃物はいらぬ、X男と一声云えばよい」と友達に歌われたりした。熱を出せば狂乱し、反抗期には泣いていた。

母と一緒に住んでいた時、息子はもう立派な大人だったが、一人で住んでいる息子が来ると何故《なぜ》か私は元気はつらつとなり、上機嫌になるのが誰にもわかるのだった。

ある日母は、鬼の首をとった様に云った。「あんたX男にメロメロなのね。イーダイーダ」何故か勝ち誇った様に何度も舌までつき出すのだ。私は呆然《ぼうぜん》としたが、それは事実なのだ。

母さんは子供に優しかったりするのは、母親の恥だと思っているのだろうか。

今思う。恥なのだ、私は優しさと甘やかしの区別が出来なかったのかも知れない。

母は気分屋のヒステリーだったが、子供に余分な手だしを一切しなかった。あんなにゴロゴロ子供が居たら手だしなどする閑《ひま》はなかっただろう。

妹は母が不憫《ふびん》でならなかったと思う。奈良の妹に泣いて訴えていたと思うし私の友達にも「母さんが可哀相《かわいそう》」と云っていた。

私は母をなぐったりつねったりしたのではない。愛してなかったのだ。優しい気持が湧《わ》かないのだった。そして自責にまみれていた。

妹はほとんど毎日家に来るか、自分の家に連れてゆき、夫婦で泊り込むこともあった。

私は疲れた。

「あなたが引きとらないなら、有料老人ホームをさがすよ」

私は老人ホームのパンフレットを山と集めた。地獄の沙汰《さた》も金次第なのだった。特養は四人も六人も同室だった。以前行ったことがあった。それも何年も待つのだった。始めから、それは考えなかった。

神奈川とか千葉になると安かったが、妹と私が訪ねるには遠すぎた。何軒訪ねたかわからない。私は自分が入るとしたらという仮定を条件とした。

母には、同居人の娘夫婦がアメリカから帰ってくるからと嘘《うそ》をついた。

その時の母の従順な恐縮ぶりは、今思い出しても痛い。

私が二軒の老人ホームに連れていった。私の家から近いほとんどホテルのような大きな建物の景色のよい静かなホームに友人の母親がいた。広々とした居間と和室があった。受付に黒いチョッキを着た若い男が慇懃《いんぎん》に立っている。広いホールに白いピアノと立派なソファーが並んでいた。母にホームを出る時どう？ときいたら、母は「ここはお高くとまっていていやだわ」と云った。少しぼけているのに、実に的確だった。私はほっとした。バブル期だったので、入所金が七千万だった。ここがいいと云われたら、空家になっている自分の家を売るつもりだった。

もう一軒は、二十六人収容のこぢんまりした出来たてのホームだった。裏にある大きな公園の緑が深い静かな所だった。

「ここがいい」と母ははっきり云った。

私は金をかき集めた。貯金をはき出し自分の年金保険もはがし、すってんてんになった。毎月かかる経費は三十万以上だったが、何とかなると私は大胆だった。

私は母を金で捨てたとはっきり認識した。

愛の代りを金で払ったのだ。

母はひざが少し悪かったが、健康だった。

嫁がタンスと一緒に送りつけて来た仏壇と一緒に母は老人ホームに移った。

母は食事時にはきっちり化粧をし洋服をとりかえ、ネックレスもつけて、しずしずと食堂にお出ましになった。隣の人とすぐ仲良くなり、部屋を行ったり来たりして、再び社交を開始した。

母は私の家に居る時よりもはつらつと明るくなっていた。

母は満足したのだろうか、私に「ここには変な人や下品な人は居ないの。入る時調べるらしいわ」

母は呆《ぼ》けの初期に現われるお金をとられたという被害妄想の症状が出なかった。お金にきっちりした人だったが、実に無関心だった。その住いに誰かが金を払ったとは思っていなくて、ただだと思っていたと思う。母さんの呆け方は上等だった。ほとんど同年輩の人達だった。中にはコロンビア大学出のインテリばあさんも居た。子供が海外勤務の人も居た。訪ねて来る家族の車は外車ばかりだった。

私は汚れっ放しのボコボコの国産車だったが私には猫なで声と共に見栄《みえ》もないのだった。

母の洋服ダンスをあけると、私のタンスよりずっとはなやかだった。そして、それが似合う人だった。タンスの引き出しには、ほんとにきっちりと衣服が整理してあった。

母のベッドはパリパリの真白なシーツがしかれ、私が行くと、ポットからお茶を入れてくれた。冷蔵庫の中は妹が持って来たであろう、甘いものが沢山入っていた。

私の家よりずっとていねいな栄養を計算した食事が出され、二度のおやつの時間があった。風呂《ふろ》も手すりがあり、すのこが高くなっていて、老人でも入りやすいようになっていた。母は不満を口にしなかったが、その従順さが哀れだった。妹が週一回必ず欠かさず行っていた。

私は母の呆け工合も心配する程でなかったし、妹が熱心に訪ねていたので初めのうちはほんの時たましか行かなかった。たまに行くと母は目から喜びの光を発して、

「まあ、洋子なの」と叫ぶ。

母さんはすっかり、従順で優しい老女になってしまった。

たまに行く私は床にねっころがって本を読んでいた。

帰る時は必ず玄関まで送って来て、私の車に向かっていつまでも手を振っていた。

「母さん私もう六十だよ、おばあさんになっちゃったんだよ」

「まあかわいそうに、誰がしてしまったのかねェ」

17

母は二十二歳で兄を産んでいる。そのあと正確に二歳違いの子供をまるで機械の様に産んだ。七人の子供を産み、大人まで育ち上ったのが四人である。

終戦の時三十一歳で子供が五人居た。正確に云《い》うともう一人はお腹《なか》の中に居て、厳密にいうと四人半である。引き揚げの時一歳半の女の赤ん坊が居た。奈良の妹である。三十二歳で五人の子持ちであったのだ。

私は三十二歳の時二歳の子供が一人きりであったが、今思い出しても、たった一人なのに髪ふりみだして狂乱の日々だった。一人でいっぱいいっぱいだった。

母に、うちは貧乏なのにどうしてゴロゴロ子供を産んだのだと生意気ざかりの時にきいた事がある。「あの時代は生めよ殖やせよの時代だったのよ!!」とどなり返されたが、その時でも子供五人というのは多かった。大連の埠頭《ふとう》を茶色いふとん袋をかついだひょろけた父のあとを私達一家がゾロゾロ歩いていると、同じ引き揚げ者から「まあ、沢山お子様がいて」と何回も声をかけられた。その声には、同情と尊敬と感嘆が含まれていた。今思うとそれは父と母の態度だったと思う。自慢たらしい笑顔なのだ。うちの両親はバカだったのだと思ったが、今はそう思わない。

これは生き物の摂理なのだと思う。種が滅びかけた時、個人の意志を越えた生き物の本能が働くのだと思う。貧しい国に子供が沢山居るのは、育ちきれない子供を無意識にインプットしてるのだ。そして子供は労働力に数えられている。

今でも東南アジアに行くと七、八歳の子供が働いている。友達は可哀相にと云うが、私は別に可哀相と思わない。むしろ懐《なつか》しい。私もあの光の強い目の子供だったと思う。そして、その労働を不幸だったと、その時も思わなかったし、今も思わない。首からつったボール箱にタバコを入れてロシア人を追いかけて、売れれば売れる程はつらつと満足を得ていた。八歳だった。

一歳半の妹は母の背中でぐったりしていた。父は母に「この子は日本に着くまでもつめえ」と云ったそうである。兄のリュックサックには北京で生後一ヶ月で死んだ弟の骨箱だけが入っていた。それが外から四角につっぱっていて、私には骨箱とわかる。

赤ん坊の骨箱しか持てない兄を見ると、私は胸が痛んだ。

私は着れるだけの洋服を着て、ズボンも二枚か三枚重ねていて、私のリュックサックは兄のよりも何倍も重かったが、私は頑強で根性を見込まれていたのだと思う。

そして私は四歳の弟のタダシの手をしっかり握っていた。タダシは私の子供だった。タダシのめんどうは私が全部見た。私は姉より母親の気持ちだったと思う。自分の子供が三歳位になった時、私はタダシがよみがえった様な感覚を度々感じた。

今でも船底から氷でツルツルした甲板にある便所に日に何回も手をにぎって連れて行った時の小さくてやわらかいタダシの手の感触を覚えている。

私はタダシを死ぬ前の日までめんどうを見たが私は弟というより自分の子供で、私の附属物で、全《すべ》てが私の責任だと思った。そして、小さいが、私を支えてくれた様に思う。

タダシの事を知っているのは今はこの世で私だけになってしまった。すぐ下の弟も妹ものごころついていなかった。父は昇天して久しく、今の母は子供を産んだ事がないと云う。

三十年位前、私はタダシが白米を食べる事なく死んだ事を思うと泣いて、仏壇を買いに行った事がある。

でも少し前に気がついた。タダシは実に我慢強い子供だった。ぐずついて、私を困らせた事がなかったのだ。そして無口だった。おまけにまゆ毛につむじがあってねじ上っていた。子供にしてはどっしり落ち着いていた。

花をつんで持たせるとしっかり握って、笑った。私が花を次々とふやすとそのたびに笑った。世界中が明るくなる程の笑顔だった。子供のくせに妙なスケール感があった。

そして今思う。あの子が一番出来のいい兄弟だったのではないか。ずっと生きていたらどんなに頼もしく育ったかも知れない。私は今でも自分の子どもを外すとタダシが世界中でただ一人限りなくいとしい。

兄は体が弱く鋭敏で繊細過ぎて生きていくのがつらかっただろう。子沢山の貧乏人の宿命だったのだ。死んだ人は皆愛《いと》しい。

多分タダシと一番長い間つき合いがあったのは私なのだ。たった四年間だったが、タダシの手のやわらかさを知っているのはタダシの子守の私だった。

三十二歳で五人の子持ちの母よりも、きっと私の方がタダシの体全体を知っていたと思う。

共有した時間も私が一番長いと思うし、タダシのナマの肌感覚も私が一番よく知っているはずである。

いくら七人子供が居ても子供を死なせた母の哀《かな》しみを、本当には私はわからない。母は三人も男の子を失った。

三十二歳の母は乳のみ子と十歳の兄の間に三人の子供を連れて、終戦後の外地で奮戦した。

貨物船の船底で母は母親らしい健気《けなげ》な母だった。明るく元気だった。そして健康だった。

あの混乱の戦後、貨物船の船底で寝るスペースも全くない荷物と同じ様につめ込まれ身動きも出来ないのに、母はヒステリーを起こしたり、粗暴だった記憶はない。三十二歳の今の女を見るとまるでギャルである。私だって五人の子育てはしていない。出来ないと思う。

いつから母はあの様な人になったのか私ははっきりわかる。

終戦のどさくさのあと民主主義というなじみのないものの洗礼を受けたからだ。

母は父に口答えをする様になり、子供をこづき回す様になった。時代のしつけに埋もれていた女の価値観が全部はがれ落ちたのだ。これが個性の尊重というものだろうか。地金が全開することが。

昔の子供に反抗期がなかったわけはないが、表現が異っていたのではないか。悩み始め、哲学めき、無口になっていた位だと思う。心身のバランスを自ら葛藤《かっとう》して、不機嫌になっていた様に思う。

民主主義は忍耐も従順もうばった。家族という一つの丸かった団子が、小さな団子に分裂した様になってしまった。

小さな団子は二つもあっという間に天上に蒸発した。父と母は日本に帰国し極貧ではあったが、大連で売り食いしてコーリャンを食べていた時よりいらつき、毎晩けんかをしていた。そして又一個小さな団子を産み落した。ようやく兄弟四人というのが固定した。

いつかけんかの最中に父が母に「お前は変った」と云ったのを覚えている。その時珍しく母は沈黙した。

私は自分が幼年時代によい資質を全部使い果したと思っていたが、母と同じように、時代と共に世の中が変化するのと同じ様に変ったのだ。皆《み》んなが地を丸出しにし始めた。地を丸出しにするのが個性なのだろうか。私は今の民主主義がどうも日本人のお口に合わない様な気がする。

というか、片手落ちの民主主義で、権利はどこまでも主張し、権利と義務が表裏一

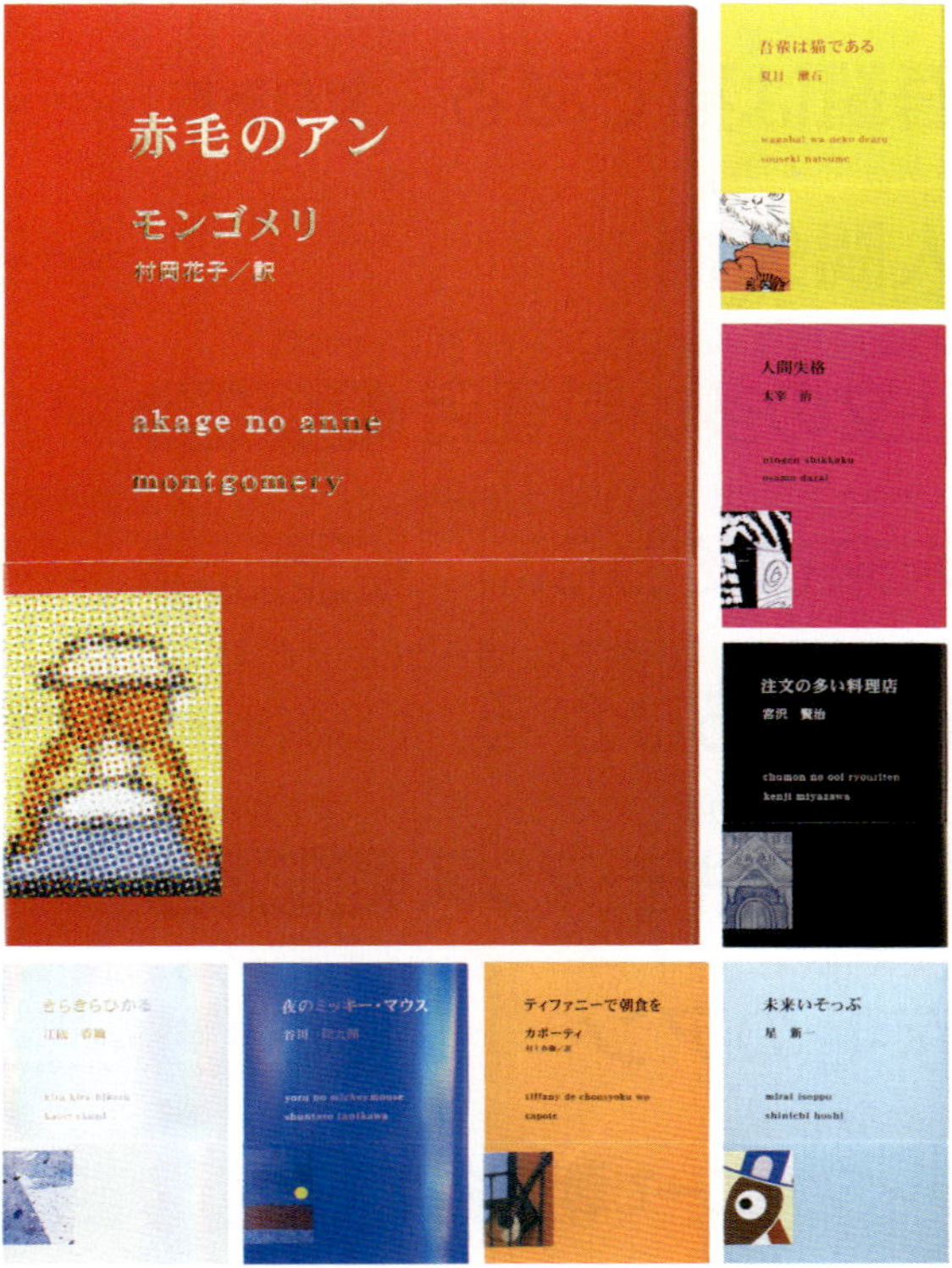

赤毛のアン
モンゴメリ
村岡花子/訳

akage no anne
montgomery

吾輩は猫である
夏目 漱石

nogahai no neko desiru
natsume soseki

人間失格
太宰 治

ningen shikkaku
osamu dazai

注文の多い料理店
宮沢 賢治

chumon no ooi ryouriten
kenji miyazawa

きらきらひかる
江國 香織

kira kira hikaru
kaori ekuni

夜のミッキー・マウス
谷川 俊太郎

yoru no mickey mouse
shuntaro tanikawa

ティファニーで朝食を
カポーティ

tiffany de chousyoku wo
capote

未来いそっぷ
星 新一

mirai isoppu
shinichi hoshi

Yonda?
新潮文庫の100冊

限定SPECIALカバー

体であることに気づかない様なのである。

父が死んだ時母は四十二歳だった。

我が家に十九の私を頭に七歳の妹を含めて四人の子供が居た。家も金も父は残さなかった。

主婦だった母は地方公務員になり、子供を全て大学まで通わせた。その仕事を与えてくれたのは父の友人だった。その友人の友人が知事だったからだ。

母は父とけんかをしても心の底では父を尊敬していたと思う。

父の妻である事は母の誇りだったかも知れない。

中国で父が行っていた中国農村慣行調査というフィールドワークが、父が死ぬ数年位前に出版された時、朝日文化賞を受けた。

満鉄の調査部の仕事だった。農村慣行調査をするグループの一員だったが、父の友人達はそのグループの人達で、皆家族ぐるみのつき合いをしていた。引き揚げても、家族でつき合っていた。

だから例えば私の友達の孔ちゃんという子供はおしめをしている時からの友達で、六十年近くずっと友達で、孔ちゃんが最近死ぬまで、特別の親しい一番古い友達だった。

最近、父たちの仕事が大きな六巻の本としてまとめられているのを知った。一九五二年から一九五八年の出版だったが、私は知らなかった。古本屋に探してもらったら十万円もした。特殊な専門家以外は日本中誰も知らないと思う。完結の六巻に、その当時のスタッフの座談会があった。そこでスタッフは早く死んだ父の事を語っている。

×非常に頭のいい人でした、酒を飲むと議論が冴《さ》えて来て自分でもそれを自称していた。おもしろい人でした。

○飲まんでも冴えていた、非常に人をドキリとさせるものをもっていた。

×……昭和一七年の世界歴史大系の東洋近世編に書いていた。あれは当時の水準からみればすぐれていたものですね。

○唐の時代が古代社会だろうと云い出したのは佐野君が一番古いでしょう。非常に着想のいい人なんです。しかしあとはほっぽらかしでした。

×新しい領域をたえずひらいていた人なんだね……あたりに清新の気をまき散らす風でした。われわれまで元気になりました。

○ちょっと特異な存在でしたね、鋭角的な人でかなり調査のやり方に疑問を持っていた。質疑応答の仕方もちがっていた。始めから終りまで果してあのやり方でつかめるかという疑問を持っていた。

△目立つ人でしたね。そしてあの仕事を踏台にして出てゆくという俗っ気を毛頭考えていなかったですね。

○人情味のある温かい人でした。

しかしこれも一九五八年の出版である。父を語った人も全部死んだ。

父の事以外のところは専門的で私にはわからない。あとはほっぽらかしというところで笑ってしまった。あだ名がカミソリと云われたりしていたと聞いたが、母はカミソリみたいな人と暮して幸せだったろうか。父は人情も温かさも家の外で使っていたのか。そういえば北京で中国の乞食《こじき》の隣にしゃがみ込んで長話をしているのを見た事がある。妊娠してしまった女子高生を京都の学校まで転校させて、一緒に京都まで行った事を、その妹からあとになってきいた事があった。

現実的でたくましく健康だった母に、病弱で頭ばかり冴え返っている父が惚《ほ》れたという事はわからんでもない。事実父はそれにずい分助けられていたと思う。

夫婦げんかが全く違う言葉と次元で、こりもせず毎日行われていた事に今私は驚く。

私は母と議論することをさっさとあきらめたが、父はただの議論好きだっただけなのだろうか、いつかはわかるという幻想をまだもっていたのだろうか。鋭敏で頭の冴えた家長など、家庭に必要だろうか。天才的な人間など、どこか人格破綻《はたん》を持っているに決まっている。出来の悪い弟を執拗《しつよう》にいじめたのも私には異常だと思える。

四歳の子供もいる食卓で、「生涯十二冊しか読まなかったが真の読書家と云われる人がいる」とか「活字は信じてはいけない」「金で買えるものは誰でも買える」「金と命は惜しむな」などと云う父親がありがたいものだろうか。

それより頭の一つでもなでてくれた方がなんぼか父親らしいのではないか。

父が家に帰って来ると、家中に緊張が走った。

母は学者としての父の仕事に興味を持ったとは思えない。優しい夫と父親を求めていたのではないか。

父さん、あんたがぼろぼろ種つけした子供は皆なろくでなしばかりだよ。

もしもタダシが生きていればと、父さんのために私は思う。

母さんは、早死にした父さんのためにとんでもない苦労をはねのけはねのけ生きて来て、ついに呆《ぼ》けちゃったよ。

サノリイチ？　最初は何だか変な事している人じゃないかしらなんてね、そのうち言いたい放題言うようになってね。

18

母は父が死んでから急に下品になった。

下品なのに見栄《みえ》っ張りだった。

父が死んでから母は、酒を飲むようになった。それまで一滴も飲んだことはない。女は酒を飲まないものだと思い込んでいたのだと思う。

しかし酒におぼれるということはなかった。仕事を始めて、新年会とか仕事の流れのあとで、飲んでみたのだろう。家で酒を飲むことはなかった。

四十二歳の未亡人、身ぎれいにしていて、ぽちゃぽちゃしていて、愛敬《あいきょう》があって、明るい母は、充分に女の色香が残っていたのだろうと思う。

「お父さんが居ないと思って人を馬鹿《ばか》にして」と云《い》ったことがあったが、今思うと性的な誘惑が、あからさまになったのではないか。

父は家も残さず、金も残さなかったので、父が死んだあと一家は住む家もなかったが、父の友人のつてで母は市立の母子寮の寮長になり、そこに住んだ。

私は東京で学生をやっていたから時々そこに帰るだけだった。

四十二歳から母は地方公務員になった。母は立派に仕事を遂行しただろうと思う。そういう能力は充分にあったことを、私は疑わない。

そこに住んでいるのは、全《すべ》て子持ちの未亡人である。あるいは子供を産まされて、男に逃げられた人たちである。母は次々にその人たちに仕事を見つけて自立させるように動いていた。ほとんど白痴に近い女も居た。本当に底辺のふきだまりのようなところだったのではないだろうか。

私が居た時、母はべろべろに酔っぱらって帰って来て、隣の暗い八畳に倒れ込んだ。そしてのたうち回って、たたみに爪《つめ》を立てて、「お父ーさん、お父ーさん」とむせび泣き叫んだ。

私はその時、あ、母さん誰かと寝て来たんだなと思った。青い大島の着物を着た母さんの、袖《そで》からはみ出た手を私は忘れられない。

引き揚げ船の船底より、コーリャンとふすまを食って生きのびた終戦後の大連より、あの頃の母さんは一番つらい時期だったと思う。

まだ若かった私は、不潔な生き物を見るように見ていたが、同時に、父を失った母の無念さも感じた。

父は母と結婚して、一度も浮気をしなかったと思う。母も父の浮気など疑ったことは一度もなかった。私もない。

叔母はしじゅう夫の浮気になやんでいた。

父はその度に、全て女房の方に非があるというコメントをのべていた。

要するに、父は母に非常に満足していたのだ。

父を私達は恐れていたが、父は父なりのよき家庭人だったかも知れない。

正月には竹から凧《たこ》の骨を作り、それに紙をはり武者絵を描いた。武者絵は平家物語の文章に忠実な絵だった。そして敦盛《あつもり》という字などを黒々と描いた。するするさらさら何の参考資料もなく「練貫《ねりぬき》に鶴《つる》ぬうたる直垂《ひたたれ》に、萌黄匂《もえぎにおい》の鎧《よろい》着て」と口ずさみながら、全くその通りに出来上がった。私たちが周りで感心して何か云ったりすると「バカヤロー」とどなっておそろしかったが、それでも私達はうれしかった。兄たちのこまも木をけずり落してまるで芸術品の様に作った。ひもでひっぱたき続けるといつまでもトローンと回った。父は父なりに子ぼんのうで、よき家庭人家長だった。

弟が上京してきた時、「母さんに男がいるダョウ」と云ったことがあった。

「××さん？」と聞くと、「そうだと思うダ」

下の妹がある時、「××さんが、こたつの中で母さんのももをさすっていた」と云ったこともある。私は仕方なかんべと思っていた。

私は一緒に暮していなかったから「仕方なかんべ」と思えたが、一緒に住んでいた弟や妹はどう感じていたのだろう。

本当に仕方なかんべ、しかし、父さんのあとの男が××さんじゃ、母さんずいぶんもの足りなかったのではなかろうか。

しかし母は男に溺《おぼ》れることもなく、振り回されることもなく、次から次へと子供をすべて大学に突っ込んでいった。

私の学生時代は赤貧を絵に描いたようだったが、母のことを考えると、私は自分が大学にいることが不当なぜいたくだと思わぬ日はなかった。

あの頃地方から上京して下宿して大学に行く女の子は、本当に少なかった。

私は一枚のデニムのスカートで通し、母に洋服をねだったことは一度もない。

静岡県人は結束が固いと云われたが、私の貧しさを知っている同郷の男友達たちは、絵具を半分分けてくれたし、サトウ君などは、いつも私の紙とびょうを二枚ずつ用意してくれた。

私は当然のように、威張ってほどこしを受け、元気で活発すぎる女の子だった。

しかし東京の金持ちの女の子に貧しさを馬鹿にされるのは、今でも根に持っている。文庫本を貸してと云ったら、「買えば」とせせら笑った女。私の後ろを歩きながら「佐野さんのスカート何でモタモタしわよってるの」。いつも食事をごちそうになった友達の家にお土産を持っていったら、「あら珍しい」と友達が云うと、もう一人が、「佐野さんケチだもの」全部同じ女なんだけど。

私は病的に執念深いのか、五十年たっても口惜《くや》しい。

でもサトウ君のことは、五十年たってもご恩は一生忘れません、といつも思っているから性質だろう。

しかしみんな貧しかった。男の子達はベルトの代わりにロープを結んでいるのもいたし、下駄《げた》ばきで半ズボンの男もいた。

母子家庭の引き揚げ者もいた。母子家庭の引き揚げ者の男の子は、母親のワンピースと黒いウールのベストを盗んで持ってきてくれた。

そして、貧しいことは楽しいことだった。

貧しいことは、友情を分かち合うことだった。

三十五円のラーメンを半分ずつ食べたこともある。あれ以上美味《おい》しいラーメンを私はその後食っていない。

それでも楽しい最中、それが貧しさ故《ゆえ》であっても、私は母のことを考えると、楽しいことが後ろめたかった。

父と母は、いくら毎日夫婦げんかをしたとしても、その絆《きずな》は盤石《ばんじゃく》のものだっただろうと思う。

母がそのあと誰と男友達になっていたかは知らないが、どんな男ももの足りなかっただろう。

カミソリのような知性がどのようなものであったかはわからなくても、母は父に対して根底では絶対的な尊敬の念はあった。

しかし母は負けなかった。

次々と子供を大学に入れていった。

愚痴はこぼしたし、人の悪口も云ったが、しょぼくれた母を私は見たことはない。

体が頑強であったように、精神もタフで荒っぽかった。

子供の話をしみじみ聞くことはなかったから、子供は母と話をしなくなった。

しかし他人の話はしみじみ聞いたからこそ、人に好かれもし、頼りにもされていた。家族とは、非情な集団である。

他人を家族のように知りすぎたら、友人も知人も消滅するだろう。

父が死んでも、母はばっちり化粧をし、身だしなみが、だらしないことはなかった。

私はずっと母を嫌いだった。ずっと、ずっと嫌いだった。

私の反抗期は終りがなかった。

叔母は私に情をかけてくれたが、母が叔母の子供に情を持っていると思えたことは一度もない。

叔母の子供が遊びに来ても、舌打ちをして、「いつ帰るのかしら」とばかり云っていた。

叔母に対しても情があったのかなかったのかわからない。

母は子供の頃から、叔母の悪口を云っていた。

私は叔母と親しんでから、母に、「どうして叔母さんのこと嫌いなの」と聞いたことがある。もう父が死んでいたが、母は、「あら、嫌いだったのは父さんよ」と云ったが、父も叔母のことは何も知らなかったと思うから、母さんらしい云い訳だと思った。

母の家事能力は素晴らしかったと思う。

小さな長屋に住んでいた時も、官舎に住んでいた時も、母は、「うちはまるで子供が居ない家みたいにきれいだと云われる」と云っていた。

父が帰る時間には必ずほうきで家中をはいて、口紅をムッパッとしていた。

子供たちがゴロゴロ居ても、母は古いセーターをほどいて、鍋《なべ》ややかんの蒸気を当てて編み直し、だから家中の子供は、しま模様のセーターを着ていた。

古い自分のスカートで妹のワンピースを作り、正月には布を買ってきて、私の上着や妹のスカートを作った。

そして特に熱心に、ていねいに自分の洋服を作った。

彼岸には、小豆の餡《あん》ときなこと黒ごまのぼたもちを作った。

じゃがいもをゆでて、茶巾《ちゃきん》にしぼり、食紅をてっぺんにポチンとつけたおやつも作った。

ドーナツやホットケーキやら、むしパンも、私たちは当り前のように食べていた。

子だくさんの安月給だったが、お金のやりくりも上手だったと思う。

草月流の師範の免状も次々と手にし、人を教えられるようになるとすぐさま生徒に教えだした。

それが父の死と同時くらいだったのだろうか。

私が美大に行っている時に家に帰ると、何人もの生徒に実に教師らしく、確信にみちてはさみを持って、パチパチ切ったりさしたりした。

私は美大生の生意気から、「母さん、もう少し勉強した方がいいよ。生徒の花あまりよくないじゃん」と云ったことがある。母はカッと私の方をにらんで、「このへんの田舎者には、あれでいいのヨ」とどなった。

自分でもわかっていたのかもしれない。

洋服の趣味が凡庸だったように、ある種の美的センスが欠けていたのだと思う。母は熱心で、真面目《まじめ》な勉強をする人だったのだ。破れから生れる美しさに無関心な人だったのだろう。

少なくともまがりなりにでも、母は父が何か手に職をつけておけ、ということはまっとうしたのだ。

そして、芸は身を助けるをすぐさま実践した。

そのあと、父が居なくなって、コーラスのグループに入って歌を歌い、短歌の会に入って短歌を作った。

途中で投げ出すことなどしない真面目さがあった。そして、それを楽しんだと思う。

母は父が死んで無念で口惜しい思いもたくさんしたと思うが、また、父の居ない気楽さにも気がついたのだろう。父が居た時は、父の妻であるという気負いや、父の友人たちにもある種の緊張と誇りを持っていたのではないか。

そして父の死で、すっかり地金が露呈してしまったのだろう。

母さんは下品になってしまった。

「私のお父さんとお母さん、どこにいるかなって。こんなところまで来てしまったから」母さんはベッドの上でひとりごとを云っていた。

「居たの、ここに？」

「そうでもない。そしたらみんなが、かわいそうねェ、しいちゃんは、なんてね」

19

下の妹が、小姑《こじゅうと》のように重箱の隅をつまようじでつっついただけではなかった。私も疲れたのだった。妹が目を光らせたのは私の母さんへの冷淡さだったと思う。もうすっかり自信を失ってしまって、あの頃は呆《ぼ》けも始まって、おとなしいただのおどおどしたおばあさんだったのに。

完全な人は居ない。立居ふるまいの乱暴なお手伝いさんは明るかった。静かで優しいお手伝いさんは倹約家過ぎた。東北から出稼ぎに来ているお手伝いさんは料理が下手だった。私はそれが当然だと思っていた。

完全な人は居ない。私はお手伝いさんとうまくやっていた。

呆けても母は本能的に身を守った。おとなしいお手伝いさんにはもとの地が出る人になった。「こんなお母さんに育てられたお子さんは可哀相《かわいそう》だと思います」といって自分からやめていった人も居た。

まだ私は仕事をやめる気がなかった。仕事が好きだったのではない、母の為《ため》に仕事を捨てる気が全くないのだった。

妹は老人ホームに母を入れる事に同意した。

私は美貌《びぼう》のないスカーレット・オハラ、才能のない美空ひばりになった。長女だからである。

山のような資料をとり寄せ、見学に行った。

静かで環境のよい所は遠かった。しかし安かった。バブルの最中で、入所金が非常に高かった。見舞いに行くのに近くて環境のいい所は高かった。最後に二つ候補を見つけた。

奈良の妹は、特養に入れたらと云《い》ったが、その頃の特養はひどかった。私が、老人になったら絶対に入りたくない所だった。私は自分も居たくない所にいくら好きでなくても母を入れる気にならなかった。私は金をかき集めた。

同居人が、「娘夫婦がアメリカから帰って来るから」と嘘《うそ》の宣言をしてくれた時の母の身の縮め方が、今思い出しても哀れに思う。

小金井公園を裏にした小さな老人ホームは、見舞いの家族の車がベンツだったり、ジャガーだったりしたが、私はボロボロのシビックで平気だった。

月々のかかりが三十五万円位だったが母は年金が十二万円あった。残りは私が出した。

私はますます才能のない美空ひばりになっていった。

静かな新しい感じのいい所で、すってんてんになっても、惜しくはなかった。

私はあまり面会にいかなかった。

そこでも私は態度のでかい冷淡な姉、妹は一週に一度、花と菓子を持って、愛想のいい優しい娘にすぐさまなった。

月々のかかりは自由の代償だと思えば、働く方がずっと楽だった。

たまに行くと母は腹の中の百ワットの電球がついたようにパアッーと嬉《うれ》しげな表情になった。それでも私は不愛想で自分の不愛想に自分で傷ついていた。

最後のお手伝いさんが「オシズさん、今度行くところは誰でも入れてくれるところじゃないのよ。ちゃんと調べて上品な人しか入れてくれないの」と母の自尊心を上手にくすぐってくれて、私は感心もし、感謝もした。

まだらに呆けていた母は、「ここはただなのよ。どうも調べるらしいの、変な人は入れないらしいの」タダというところで、カッときたが、「そうだね、皆んな品がいい人ばかりね」と私はひっくり返って本を読んで閑《ひま》をつぶした。

母は一番嫌な記憶から消していった。

テルコの事を一番始めに忘れた。

テルコの事をすっかり忘れた時、私はテルコのストレスが母にとってどんなに強かったのかわかった。いつも長々とぐちを電話でかけて来た時私はろくに聞きもしなかった。

母がその老人ホームに十二年も居続けるとは誰も思わなかった。

最後のお手伝いさんは、度々母を見舞ってくれた。大柄でほがらかで働き者で情が深い在日韓国人だった。実家は名古屋のパチンコ王だそうだ。

ものすごい豪邸の前で彼女が写っている写真を見て、「この家どこ？」ときくと「アハハ、私の家ですよ。家の中はもっとすごいんですよ、もうマンガみたい。シャンデリヤなんか、ブンラブンラいくつさがっているかわかんないんだから」「何で家にかえらないの」「もううちの父大変なんですよ。うちの母六番目の妻なんですよ」彼女は十九で母と弟を連れて家を出てずっと同じ仕事をしていると云った。

「手に職がない女が一番高給とれるのは住み込みのお手伝いなんですよ」彼女は弟を

医科大学に入れ母親のめんどうも見ていた。

「もう、うちのソファー大変なんですよ、弟が手術の練習にそこいら中縫っちゃっているんですよ。坐《すわ》るとゴリゴリするし、糸はぶらさがっているし。それに母が、借金をどんどん作っちゃうんですよ」彼女の家族への思いは私と全然違っていた。私は日本人であのように家族を愛している人を一人も知らない。

そのうち、「きいて下さいよ。七番目の母の娘がお姉ちゃん、私家出して来たって来ちゃったんですよ」彼女は腹ちがいの妹の学費も当り前の様に出すらしかった。母親の借金は北に居る親戚《しんせき》に送金するのだといって、「あの人達親戚がない人は本当に飢え死にしちゃうんですよ」横田めぐみさんの事も公《おおやけ》になっていない時だった。

あとで韓流ドラマを見るようになって、あの国の人の情の深さが民族的なものなのだろうかと思う様になったが、私が、「あんた、そんなに働かないでよ、体こわすよ」と云う程大きな体で、アハハアハハと笑いながらくるくるとよく働いてくれた。

時々老人ホームに行くと母のベッドに並んで童謡をうたっていた。あの人は母を老人ホームに入れてしまう日本の子供の事をどう考えていたのだろう。

母の呆けは確実にゆっくりゆっくり進んでいっていた。

ひざに水がたまって、時々病院に妹が連れていっていたが、そのうちつえなしで歩くようになった。痛みも忘れてしまうらしかった。

母は、人が金を盗むとうったえる痴呆《ちほう》の人がかならず通る道を、ありがたくもすっとばしてくれた。

しかししばらくすると、新聞紙をまるめて食堂に集まる人の頭をパシパシなぐって歩く様になった。ものすごく暗いけわしい顔をしていた。今になって思う。何かがあるのだ、原因が。あったにちがいない。私は恐怖した。

暴力がひどくなると、ここにはいられなくなる、しかし一時だった。

そのうちにテレビのチャンネルを変えなくなった。電源はテレビ本体のスイッチを切った。リモコンを使えなくなったのだ。それからテレビを見なくなった。

隣のしっかりした佐藤さんが、急激に呆けた。

ズボンをぬいで、四つんばいになって外の人の部屋に入って行く様になった。

母は私に口を寄せて「佐藤さん呆けちゃったのよ、イヤーネェ」と云う。

母は父の仏壇に線香をたいて、手を合わせるという事もなくなった。

母は白髪を嫌って、いつも栗色《くりいろ》に毛を染めていた。

美容院にはまめに下の妹が連れていった。

私は時々下着などを買った。

母に私は三枚千円のパンツとか、スーパーの二階の衣料品売り場で安物を買っていた。

自分では三枚千円のパンツなんぞ買わないのだ。別にその時良心が痛む事はなかった。

母さんの洋服ダンスにはオーバーが何枚かと、半コートが入っていたが、もうオーバーを着て外出する事などないかも知れないとそれを見るたびに思った。

買い物好きの母はもうデパートに行く事もないだろうし、旅行にも行けないだろう。

ふだん着ているセーターなども段々古くなってゆく。

母さんの好きそうなセーターやブラウスは、銀座や青山でなくても、そこら中にあった。

そこら中の人が着ているような平凡な好みだった。母さんは本当にそこら中にいる小母《おば》さんだったのだ。外見も中味も。母さんはそして不真面目ではなかった。

母のところで寝っころがって、母のアルバムを見ると、いったいいつ行ったのか旅行の写真がわんさか出て来た。同じメンバーの時も違うメンバーの事もあり、気取ってすまし返って、なぜかいつも写真の真中に写っていた。

小ぎれいに、きちんと。母さんは本当に無駄なく人生を楽しんでいたのかも知れない。

元気な時は奈良の妹のところにも、大阪の叔母のところにも度々行っていた。

私のところにも来た。

母さんは私よりずっとはなやかな色合いの洋服を着ていたが、それが似合った。

私の洋服の好みに文句をつける事もなかった。私はいつも白か黒かウンコ色の無地の洋服を着て、目立つことが嫌いだったが、青山のきめたブランドのものを着ていた。

きっと、もっと色ものや柄ものを着て欲しかったのだろうと今思う。

私はそこら中で売っている適当なセーターやブラウスやズボンを買った。母の好みそうなものはそこら中にあった。

決して高価ではなかったが、母はきちんと手入れをしてていねいにあつかっていた。

私の三倍の数の洋服を持っていたと思う。母の呆けと共にその洋服が古びたり毛玉がついてくたびれて来ると、私でも少しわびしい気がした。

着物は弟の事件の前にすでに、全部誰かにやってしまってあった。儀式用の訪問着が一枚あっただけだった。多分孫の結婚式用にとってあったのだろう。

しかし、その機会は来なかった。

何かにぜいたくをする人ではなかった。食い道楽もなかったし、着道楽もしなかった。宝石が好きという事もなかった。けちでもなかった。

娘に着物や洋服をあつらえるのが好きな母親というものは普通に居るが、母はそういう事もなかった。

父は貧乏でも最高のものを最小限に手にする人だった。

イギリスの生地で中国人が仕立てた背広一枚を三十年は着ていた。戦後作ったもう一着の背広は和服用のつむぎで作ったもので、多分父は二枚しか持っていなかった。

ほとんどの人が縞《しま》のネクタイをしていたが、父は紺色に小さい馬が一面にとびはねているのが好きだった。

北京に居た時は、アフリカに行っていたヘミングウェイのような帽子と半ズボンをはいていた事もあるが、きっとお金があったらシャレたものを持ちたかっただろうと思う。

母さんはぼんやり坐っている。

母さんの前の仏壇に、アル・パチーノとエノケンを合わせたような父の写真が笑って母さんを見ている。

20

別に本職の手相見に見てもらったわけではないだろうが、母はぶ厚い自分の手の平を見ながら、「私は晩年はすごく運勢がいいんだって」と度々云《い》った。

七十七歳で自分の家を追い出された母は、いい運勢だったのだろうか。

八十で呆けた母は運が良かったのだろうか。

まだ老人ホームでなかった母が、うれしそうに手の平をながめている時、とても幸せそうだった。老人ホームに移ってからの母は、どう自分の運命を受け入れたのだろうか。

老人ホームに居た母はすでに優しいおばあさんだった。

下の妹は週一度かならず花とお菓子と飲み物を持って通った。

ホームの職員に一人一人「いつも母がお世話になっています。ありがとうございます」と深々と頭をさげ、何となく舞台の上の人の様に見えた。

たまに行く私は「あっこんにちは」と云うだけで腹の中では、「てめえら、あんだけ金をふんだくってるんだから、やる事だけはちゃんとやれよな」と思っているのだった。

母は小さな仏壇に、小さくて死んだ三人の息子と父の位牌《いはい》をつめ込み、口ひげをはやして笑っている父の写真を横に立てかけてあった。

私は笑っている父の写真を見るとオロオロするのだった。

父さんは母さんが呆けたの知らないで、予想もしないで笑っている。

云うに云われぬ想《おも》いがぐちゃぐちゃと頭の中でこねくり回り、そして最後に、「父さんやっぱ早く死んで正解だよ」というところに落着く。

私は仏壇に手を合わせたり、線香を立てる事も気まぐれだった。

週一度の妹の花は仏壇用だった。

母は呆けが進むにしたがって、仏壇など見もしない様になった。

もう母さんは父さんの事も忘れてしまっている。生れつき右に心臓があって、虚弱だった兄を死にものぐるいに愛した母。

少し走ると唇にチアノーゼが現れた兄は母の中から消えた。

一度も白飯を食わずに、ねじりまゆ毛のまま四歳でむっつり死んだタダシも母さんの中には居ない。

生れて三十三日でコーヒーの様な血を鼻から出して死んだ正史は生れてこなかったも同じかも知れない。

そして突然思った。この位牌の人物の生身を知っているのは、この世で私だけなのだ。今居る兄弟は死んだあと生れた。生きていた者も赤ん坊だったのだ。

人はこうして誰も知らない人になってゆく。歴史に出て来る以外の何百億という人間はこうして消えてゆくのだ。

子孫を生んで綿々と続く家系の人は、お墓の中でも先祖代々となってゆくが、三歳や十歳で子孫も作らず死んだ子供はただただ消えてゆく。

私はむきになる。兄ちゃん、タダシ、私だけは死ぬまで覚えているからね。

今のところは、私が生きている間はね。

ホームで、母さんは「愛」以外のものは全《すべ》て満たされている。

あんなにも孤独を恐れて、テルコとの生活に耐えていたのに。

妹が律気《りちぎ》に運ぶ花は、母さんにとってそこにあるのかないのか、わからないものだったかも知れない。

妹には母を捨てたという自責の念はないのだろうか。

はじめのうち私は一人で母の部屋に入れなかった。二人っきりになると間が悪くて、そしてまだ母さんが好きになれないのだった。

私は母を知っている友達を連れていった。まだ母はお客好きだったのだろうか。パアーッと顔が明るくなって、客をもてなそうとした。

始めはポットからお茶を急須《きゅうす》に入れて冷蔵庫の中の菓子をふるまった。

そして聞く。「どちらにお住いですか」「中野」「ああ、そう中野ですか。どうぞ、こんなものしかなくて」……「どちらにお住いですか」

そして自分はどこに居るのかわからないのだった。

友達が、「静かでいいところですね」母はあいまいな表情になり行き暮れた迷子の子供の様になり、「ええ、ええええ」話すことは何もない。

私は、ずっと私の半生をかけて、母親と娘というものは特別に親密なものに違いないと思っていた。私だけなのだ、母親が嫌いなのは。しかしよく聞くと、母親とうまくいかない娘というのは、ここほれワンワンの意地悪じいさんが掘り出す汚いもののように、想像を越えて沢山いた。

離婚した母親の二度目の夫にレイプされつづけた人もいた。小説だけかと思った。

その人は私の顔を見てすぐ云った。「あなた、お母さんとうまくいってないでしょ」息が止まりそうだった。私なんて甘いもんじゃないか。それなのに人相がそうなっているのか。

学校から帰ってふすまをあけると母親がよその男とセックスしている最中だった人もいた。「お父さん、知っていたの」「わかんない」その人の母親も八十を過ぎている。今でも顔を見ると「首をしめたくなる」この人の方がましだ。素手で首をしめられるのだ。私は素手で母の首にさわるなんて嫌だ。母さんの匂《にお》いが嫌だ。私は洗たく機でなくっちゃあ母さんの下着洗えない。

そういう人を知って私は少しは安心したか。少しも安心しなかった。

フロイトは男だったから、母と息子のことしかわからなかったのだ。

「お母様が死んだら私も死ぬ」という人もいた。「私、夫が死んでも平気だと思う」そこまで行くと私はうらやましくはなかった。その母親は両手をお椀《わん》の様な形にして「あの子は私の宝なの」えーっ、あの昔からのあばずれ娘が、母親は娘があばずれているなんて少しも知らないのだ。

あゝ、世の中にないものはない。

ごくふつうの人が少しずつ狂人なのだ。

少しずつ狂人の人が、ふつうなのだ。

私は、自分が母親に対して気がふれているという事を、自分で始末出来なかったのだ。ずーっと、ずーっと。

そのうち母はポットをつかえなくなった。それでもお皿に何か入れてもてなしたいらしく、つまようじを皿に盛ったこともあった。

時々妹とぶつかると、妹は母のベッドの中で童謡の本を二人でひろげて、うたをうたっていた。母はうれしいのかうれしくないのか。妹はとてもうれしそうにうたっている。

あの子は母さんにさわっても平気なのだ。

そしてひと月に一度、母を美容院に連れてゆき、母の髪の毛を栗色に染めていた。八十過ぎた顔に栗色の髪の毛は、妙に生々しく、そして汚い顔が目立ったが、妹は一生懸命なのだった。

パンツを調べ、パジャマを調達していた。

そして母は私が気が付いた時化粧を止《や》めていた。その前はまゆ毛を八本も描いていた。鏡台のひき出しを開けると使い切ったツルツルのコンパクトだけがあった。

叔母はよく母のところに通った。叔母が行く時はよろこんで私も行った。

お盆お彼岸の多磨墓地の帰りにも行ってくれた。すると私も多磨墓地に一緒に行くのだった。

母さんは元気な時から墓まいりなどしたことがなかった。

私が小さい頃牛込の家にいた、秋田のずーずー弁しか話せなかったご維新の時に東京に出て来たひいばあさんは、「まんず　まんず」と云った。「まんず　まんず」から続く秋田弁は叔母が通訳になってくれた。それからあたまがどでかかったじいちゃん。

みんな白い骨箱になって墓の下の暗いところにいる。

叔母は墓の前にしゃがんで、しゃがむと腰が横にぐっと開き、でかいしりになった。そして小声でものすごいスピードでお経を読んだ。

どうして同じ姉妹でこんなにも違うのだろうか。

行くと私は不機嫌で、なのに母さんは目をいっぱいに見開き、「あらあ、洋子なの」。その目にまるで少女マンガの様な星がちらばるのだ。

母さんはすっかりいいおばあさんになってしまった。母さんは一日中ヘルパーさんに、「どうもありがとう」「あらごめんなさい」と云い続ける様になった。

ありがとうとごめんなさいは、生れて来た時は皆同じ大きさの入れ物に入っていて、ふつうはその時々少しずつ使って、一生が終る時つかい切るものなのだろうか。

母さんはテルコに家を追い出されて、さまよう人になってから、「ごめんなさい」「ありがとう」をひしゃくでふりまくように云うようになった。母さんは「ごめんなさいとありがとうのバケツ」を開けたのだ。そしたら、使ったことがないごめんなさいとありがとうが、なみなみとバケツ一ぱいに残っていたのではないだろうか。ごめんなさいとありがとうが、どんなにいい言葉か、ほんとに初めてよくわかった。ごめんなさいとありがとうを云う母は、柔和な笑顔になり、優しさが腹の中にいっぱいつまってこぼれ落ちる様に見えるのだ。

そして、ごめんなさいとありがとうは、私を少しずつ変えて行った。

「何だ、ただのかわいいばあさんじゃないか」いったいあの正気の乱暴で険しい人はどこへ消えたのか。どっちが本物なのだ。呆けるとは人格がこわれることと思っていたが、呆けてから母さんは人格が上等になってしまったじゃないか。

この人は、根はこういう人だったのではなかろうか、とあやうく私は思いそうになったが、この柔和さと優しさだけの人だったら、母さんの一生はやって来られなかったと思う。こんな母さんだったら、父さんはものすごく死にづらかっただろう。そして父さんは母さんの強さを知っていた。その強さから来る能力も知っていた。附属物の様な荒っぽさも知っていた。

父さんは悪い選択じゃなかったかも知れない。

おまけに体が合っていたなら、云う事ない夫婦だったのかも知れない。

どんな人も丁度いい時に死ぬのだ。

四人の子供を育て上げずに死んだ父さんは、母さんにさらにたくましい能力を行使させることが出来たじゃないか。

私は父《てて》なし子になったが、貧乏をものともしないねじくれた根性と胆《きも》を手に入れざるを得なかったじゃないか。

父さんがまだ生きていたら、気の弱い弟はまともに役所づとめも出来ずにいじけてしまったかも知れない。父さんが死んだ日の日記に、僕は父さんが死んでうれしいと一行書いた弟はもう六十六歳、父さんより十六年も年長者になってしまった。

兄が死んだショックだけでなく、私は小さな時から父に気に入られていたのだ。

父がまだ煙草《たばこ》もとり出していないのに灰皿とマッチを用意する子供の私は、母には小づらにくかったのではないか。

多分私と父は質の同じ言語を持っていたのかもしれない。あるいは共通の感覚もあったのかも知れない。男親は娘を愛するものだったからだろうか。

教えれば八歳で兄弟の手袋をあみ、従順で、健気《けなげ》に兄を守る子供の私を、学校の成績もたいして努力せずに問題がなかったことも腹が立っていたのではないか。母が兄を溺愛《できあい》し、私が父のお気に入りというフロイトが喜びそうな見本だったのではないか。

「あなたの家の子どもは本当にかわいかったの」「お母さんは子ども好きなのね、男好きじゃなくて」「アハハ、バーカ」

21

母さんの貯金通帳には一千万円とちょっとあった。母さんはどんな思いでこつこつお金を貯《た》めていたのだろうか。いつも身ぎれいにして、海外旅行にも行った。日本中のあらゆる場所の（私は聞きもしなかったが）山程の写真が残っているのを見るとちゃんとこの世を楽しんでいたとしか思えない。いや母さんはこの世の快楽を決して手離さなかった人だった。

私は母さん程遊び好きでもなかったし、行動的ではなかった。出来れば寝っころがっていたかった。床のほこりを「あーあー、掃除しなくっちゃなあ」と思いながら、ほこりはいつまでもあるのだった。母さんは毎日朝夕家の中をすっかりきれいにしていたし、昼間寝っころがっている事はなかった。嫁とけんかすると東京と奈良にしょっちゅう現れたが、それだってお金がかかっただろう。

しかし母さんは一度も土産を持って来た事がない。おじいちゃんのお墓を買って建てる時も一銭も出さなかった。全部叔母がやった。

一緒に食事をすると、食べ終ると姿がなかった。私が支払いをすませると、外で待っていた。別にありがとうでもなく、いつもあっち向いていた。

そして私の家に来ても絶対に何も手伝わなかった。孫が生れたからといってお祝いもくれなかったし、孫に洋服やおもちゃを買ってくれる事もなかった。

母の孫は多分、内孫の女の子だけだったのかも知れない。母は孫のPTAに行っていた。テルコが先生の悪口やPTAの悪口ばかり云うからだった。すると孫もそうなるのを見て、「子供のためによくない」と思ったと云う。社会的な判断は客観的で正確だったと思う。

私の結婚の時お祝金を三万円くれた。でも自分の訪問着は新調した。あれは十万や二十万じゃなかったかも知れないが、姑《しゅうとめ》が嫌味を云った。肉親は黒留袖《くろとめそで》にきまっているのに。母は訪問着の方が着る機会が多い事をちゃんと計算していたと思う。

家を買う時、頭金を借りた。母は何も云わずにすぐ出してくれたが、銀行と同じ利子をとった。期日ぴったりに返却出来た事は母の腕である。でも私は親は有難いと思い、また、親が利子とるかアとも、腹の底で感じた。

一生の間、母は他人に借金をした事は一度もなかったと思う。ましてやだまされたりした事もないと思う。そんな母さんは呆《ぼ》けたら、お金の事はすっかり無関心になった。

もしかしたら母さんは老人ホームに居たから、呆けの進行が早まったのではないかと今思う。

でも家に一人で居たら、もっと進行が早かったかも知れず、それはわからない。多分誰もわからないのかも知れない。

私が呆けた母を自分の仕事もつき合いもやめて介護したら、毎日ヒステリーになって、もしかしたら虐待《ぎゃくたい》まがいのことをしたにちがいないと思う。

しかしどの様な介護をしたとしても、母が死んだ時、私はある達成感と、思い残す事はないという気のすませかたが出来たのではないかとも思う。

私は金で母を捨てたのだ。

母さんが少しずつ呆けて行ったと同じく、一緒に入所した人も少しずつ呆けていった。老人ホームは集団で少しずつ呆けて行く場所である。

とんちんかんちんや嘘《うそ》や見栄《みえ》でお友達になっていた人も、嘘も見栄もはれなくなって、一人一人がぼうーと小さな部屋にそれぞれが居る様になった。

多分相手が誰か認識出来なくなると、お友達はいらなくなるのだろう。目が少しずつうつろになっていった。母さんはベッドに腰かけたり椅子《いす》に坐《すわ》ったりして、テレビをボーと見ている事が多くなった。

とびらをあけて、「母さん」と呼ぶとふり返る。すると母さんの目が急に黒く少女マンガの星がやどる様に光る。喜びが爆発、顔全体が、まるで赤ん坊が笑う様になる。

「まあ洋子。それ、何？」

「たばこ、たばこ」

「たばこ吸ってるの、それはいい子ね」

「母さんたばこ吸った？」

「それが、吸わなかったの、残念しごく。お酒だってのめたらのむ」

「何か、たべたい？」

「たべたいものは、いーっぱいあるの、だけど、どこにあるかわかんないの」

あの母さんの目と顔の表情を見る様になって、私は母さんをさわれる様になった。

髪も染めなくなって、頭がまっ白になると、本当に上品にきれいになった。

た。老人ホームに入って何年たっていたのだろう。白い髪には淡い色が似合う様になった。私は母の洋服を買うのが、楽しみになった。サーモンピンクとかうすいモスグリーンとか。いつ行っても食べこぼしが胸についていた。私は母の着ているものをぬがせるのも平気になっていた。そして花もようがついているピンクのソックスを初めてぬがせた時、母さんの脚はまるですりこぎの様に細くすりこぎと同じ位冷たかった。そして、がっちりした外反拇趾《がいはんぼし》で甲高だった足が、途中でやめた纏足《てんそく》みたいに小さくなっていた。私は生れて初めて母さんの足をさすった。こんなに小さくて冷たい足。年寄りの足は冷たいが、いったいいつからこんなに冷たくなってしまったのか。私は一生懸命さすった。少しでも温かくなる様にこするようにさすった。

「わァ、すげえ、私母さんの足さすっている、さすっている、さわっている、さわっている」と心の中がずっと云っていた。

私は母に子供の時からなでられたり、抱きしめられたりした事がなかった。

四歳位の時、母が私の手をふりはらったときから、私は母の手にさわった事がない。

父の手は広くてうすべったくて骨ばっていた。寒い日は私の手を握ってオーバーのポケットにつっこんでくれたが、ポケットが高くて、私の手はポケットの入り口で止まっていた。私はいつだって父さんと手をつないでいた。

父さんは肩ぐるまもしてくれた。肩ぐるまされるとアカシヤの花を房ごとちぎる事が出来た。肩ぐるまは父さんがきげんが良い時だったからとても嬉《うれ》しかった。

そう云えば、私の洋服は全部父さんが買って来てくれていた。黒いウールに小さい小さい赤い水玉が織り込んであるワンピース。黒いビロードに白いうさぎの毛がついている靴、あんな靴今まで見たこともない。グレーに斜めに白いチェックがついていた、パンツもおそろいのワンピース。紺のビロードのケープ。

兄さんの洋服は誰が買ってくれていたのだろう。一緒に父さんが買ってくれていたのだろうか。

兄さんのよそ行きはセーラー服だった。

兄さんとおそろいの白いピケの帽子。兄さんの帽子は青いふちどりがあり、私のは赤かった。双生児のように兄さんとわたしは二人っきりの子供時代があった。

父さんは兄さんにも肩ぐるましてやっていたのだろうか、思い出せない。

兄さんは、立派なペダルで動く自動車を持っていた。三輪車もあった。家の中にスベリ台があった。皆んな父さんが買って来たのだ。庭のぶどう棚に箱形のぶらんこも作ってくれた。

母さんは私を抱きしめはしなかったけど、ヒステリーなんかおこしたことがなかったし、時々、母さんの帰りがおそいと捨てられてもう帰ってこないんじゃないかと、私は泣いた。大声で泣いた。

あの頃、母さんはやさしかった。

父さんともけんかなんかしなかった。

でも私には母さんの手の感触はない。

こんなに小さくなってしまった冷たい足。

母さんはもう忘れてしまっているけど、黒いビロードの支那服に高いハイヒールをはいて夜父さんとどこかに行ったたね。私は母さんが世界で一番きれいな人だと思っていた。

私はハイヒールをはいて、よそ行きの洋服を着て父さんとどこかに行く母さんを見るのが嬉しくて仕方なかった。

あの時、私は母さんがいつかおばあさんになるなんて思いもしなかった。

あんなに立派だった足はふくらはぎがなくなっていた。棒みたい。私は棒みたいな所も力を入れてさすった。棒みたいに冷たい。

〝わたしは、おとうさんとおかあさんはもういないの。〟かわいそうなわたし。でもお

ばあさんがいてうちにかえるとあのふとった人がいたの、だれだったのかねェ〝
〝昔はいい事考えていたの〝
私は、ズボンもぬがせた。ぬがせる時、母さんを抱き上げて、ベッドにねかせた。母さんはやせて小さくなっているのに重かった。一休みしてから又ずり上げてねかせた。ズボンをぬがせると、母さんは紙おしめをしていた。いつから紙おしめをする様になったのだろう。時々しか行かなかったから、毎週かならず花を持って行く妹が母の日常の事を全《すべ》て把握していたし、把握しすぎて、ホームの人とトラブルを起こしたりした。
母はもう父さんと結婚したことも子供を生んだことも忘れて、仏壇など見もしない。花があるかないかもわからない。
妹は先週の花の水が替えてないとヘルパーの人に文句つけていた。どうでもいいじゃんか、ヘルパーの人は忙しいんだよ。自分でめんどう見ていないんだから、文句つけるなと私は思う。
でも妹は母さんとベッドに並んで、歌をうたっていた。ぴったりと体をよせ合って、一つの歌の本を二人で開いて。妹は母さんにさわれて頭をとかしてあげる事が出来るんだ。

呆けがそんなにひどくなかった時は時々自分の家に連れていって泊めていた。

桜の花見にも連れていっていた。喫茶店にお茶を飲みにも行っていた。

親孝行の見本だった。

冷蔵庫に入っているお菓子やお茶は全部妹が持って来たものだった。

私は母さんをベッドにひっぱり上げて寝かしたら、ハアハアと疲れてしまった。

気がついたら私はベッドの上で母さんをまたいで、わきの下から手をぬいて、一休みしていた。足をおっぴろげて。

「母さんつかれたよ、隣に入ってもいい？」

私は知らずにいっていた。

「いいわよ、いいわよ、ホラホラホラ」

22

母さんに触れる様になった事はすごい事だった。呆け果てた母さんが、本当の母さんだったのだろうか。呆けても本能的に外敵を作らない様に自分を守ろうとする力が自然に湧《わ》いて来るのだろうか。

母さんをひっぱり上げたあと、私は「あー疲れた」と母さんと同じふとんに入った。母は、「ほら、ほら、こっちに入りなさい」と自分でふとんをめくった。私は「落ちちゃうから、もっと向うにつめて」と云《い》うと子供の様に笑った。「ほらもっとこっちに来て、ホラホラ」私は母さんとふとんの中でまだ割っていないわりばしの様になった。

何だ、何でもないじゃないか、くさいわけでも汚いわけでもない。

私は一体いつから母さんと並んで寝てないのだろう。子供の頃は次から次へと赤ん坊が出来ていたから、記憶にないが、終戦後の大連で、子供たちが、皆《み》んな母さんと寝たがった朝がある。

兄も弟も赤ん坊も、死んだタダシも皆んな母さんのふとんに入りたがった。

ふとんの足もとから母さんの股《また》の中に入ったのはだれだっただろう。

あの頃の母さんは本当にふつうの母さんらしい母さんだった。

父が云った。「そんなに母さんと寝たいなら、丸いふとんを作ればいいんだな」父さんの創意工夫はそういう事ですか。呆けた母さんはあの頃の母さんに戻ったのですか。

私は老人ホームのベッドの中で、自然に母さんのふとんをたたいていた。

「ねんねんよう、おころりよ、母さんはいい子だ、ねんねしな」母さんは笑った。とっても楽しそうに笑った。

そして母さんも、私の上のふとんをたたきながら「坊やはいい子だ、ねんねしなー。それから何だっけ？」

「坊やのお守《も》りはどこへ行った？」

「あの山越えて、里越えて」とうたいながら私は母さんの白い髪の頭をなでていた。

そして私はどっと涙が湧き出した。自分でも予期していなかった。

そして思ってもいない言葉が出て来た。

「ごめんね、母さん、ごめんね」

号泣と云ってもよかった。

「私悪い子だったね、ごめんね」

母さんは、正気に戻ったのだろうか。

「私の方こそごめんなさい。あんたが悪いんじゃないのよ」

私の中で、何か爆発した。「母さん、呆けてくれて、ありがとう。神様、母さんを呆けさせてくれてありがとう」

何十年も私の中でこりかたまっていた嫌悪感《けんおかん》が、氷山にお湯をぶっかけた様にとけていった。湯気が果てしなく湧いてゆく様だった。

母さんは一生分のありがとうとごめんなさいを、呆けて全部バケツをぶちまける様にいま空にしたのだろうか。

母さんは生れた時にこんな風に「ごめんなさい、ありがとう」と一緒に生れて来たのだろうか。

誰でも「ごめんなさい、ありがとう」と一緒に生れてくるのだろうか。そしてだんだんだん、そう云えない事情や性質が創《つく》られてゆくのだろうか。

私はほとんど五十年以上の年月、私を苦しめていた自責の念から解放された。私は生きていてよかったと思った。本当に生きていてよかった。こんな日が来ると思っていなかった。母さんが呆けなかったら、昔のまんまの「そんな事ありません」母さんだったら、私は素直になれただろうか。

多分呆け始めて六年以上たっていたのだと思う。呆けてから、さすがに私は母さんに嫌みを云ったり責めたてたりする事はなくなっていたが、自分の家を追いたてられてさすらい人になってしまったのは自業自得《じごうじとく》だからね、とどこかで思っていた。

その日が私にとって一生一度の大事件だったと思えた。世界が違う様相におだやかになった。

私は何かにゆるされたと思った。

私はゆるされた、何か人知を越えた大きな力によってゆるされた。

私は小さい骨ばかりになった母さんと何度も何度も抱き合って泣きじゃくり、泣きじゃくりが終ると、風邪が直った時の朝の様な気がした。

私は余程うれしかったのだろう。河合隼雄《かわいはやお》先生にぶ厚い手紙を書き、書いただけで気がすんだ。超多忙の先生の事を考えもせず、しかしいつか対談の時に母と私の事を話した事があり、私はその喜びを先生に伝えずにいられなかった。

しばらくして、先生から手紙をいただいた。先生はとても喜んで下さり、世の中はそういう風に自然に配置されているという返事をいただき、超多忙の先生に申し訳ないと思ったが、そうせずにいられない程だったのだろうと思う。

それから私は母のところに行くのが苦ではなくなった。

母は少しずつ少しずつ呆けが進んでいるので、行くといつもベッドの中にいた。

時々、ヘルパーさんが車椅子《くるまいす》に坐《すわ》らせて、寝たきりにならない様にしてくれていた。

そんな時の母は唯《ただ》一点を見つめたまま、不気味な不動の姿勢をしていた。

「母さん」と呼びかけるとびくっとする。そして、焦点が定まらない目で「誰？」と云う。もう私がわからないのか、「洋子よ、洋子」と大きな声で叫ぶといつもぼんやりしている黒目が、パァーと喜びに輝く様な気がした。

「まあ洋子なの」

妹が行っても同じだったかも知れない。でも母は特別私だけに黒目を光らせるのかも知れないとどこかで私は思うのだった。

ベッドでうつろな目をしていても私だとわかると、黒目が光った。ベッドの中にいる時は、私もベッドに入る習慣になってしまった。

ベッドの中の会話はいつもトンチンカンチンで、あまりトンチンカンチンで笑ってしまうので、私はノートにメモした。忘れるともったいない様な答えなのだ。

突然、「マア、シカタナインデショウ」と云う。

私の頭は母がシカタナインデショウと思うであろうあらゆる事がうず巻いて回転する。いつから、こんなにあきらめた様な物云いをする様になったのだろう。

しかし正気でも、結構達観しなければ、「マアシカタないわね」とは云えない。

母さん本当に世の中シカタナイコトばかりだね。何か「ミコさん」みたいに「イタコ」みたいに誰かの言葉を仲介して云っているみたいに、神がかりみたいに思えることがある。そして、何か絶対の真実のエッセンスみたいに思える。呆けるって人間を越えられる事なのだろうか。

私はグルグル回転させた頭の中から、とり出す。

「淋《さび》しいの？」

「サビシイノ、モウソレハサビシイノ」と云って握った手の甲の方に目をつけて、子供が泣く様な泣き方をしている。私はうろたえ、自分のエゴに自分でかきまわされて、しかし、見てみると母の涙は出ていない。私は呆けた人にずるく立ち回ってしまう。

「でもみんな淋しいんだよね」

相手は神の様に察する。

「ソウデショウカネ」と実に皮肉な覚めた声と調子になっている。

ある時は私の黒いバッグを見て、「あれは誰？」

「これはカバン」それでも小さいカバンを凝視するので、近くに持って行き、「ほらカバン」。手ではらいのけて、「ねえ、ねえ、これは誰」。さわらせて、「ほらね」と云うと、「本当に誰かと思った」。時々幻視が現れていたのだろうか。

私は「こころ」というものがあるなら、母さんに対してそれを麻糸でぐるぐる巻きに固く固く何十年もしばり込んでいた様な気がする。その糸がバラバラにほどけて、楽に息が出来て生き返った様な気がした。

私はその間に乳ガンの手術をした。

頭が丸ボウズになった。

私は丸ボウズのまんま母のベッドにもぐり込んだ。母は私の頭をなでて、「あら、あら、この男の子は、だれ？」となでつづける。

「洋子」「あらー、へー、そうかも知れないわね」

いつかは並んで寝ている時、母は私の手を握り、「ワタシ、アナタの様なネエさんがホシイ」と云った。

「私はあんたみたいな母さんが欲しい」

「アハハ、ワカンナイモンネエ」

母さんは、本当に可愛《かわい》い何かになった。子犬みたいな子猫みたいな。

髪を染めるのを止《や》めたら真白になって、いつの間にか顔のしみが全くなくなってい た。母さんはきれいな小さな上品な何かになった。ほっぺたをさわると赤ん坊の尻《しり》みたいにツルツルしていた。

それから、私は老人ホームに行くのが、母さんに会うのが楽しみでうれしくなっていった。

神様、私はゆるされたのですか。

神様にゆるされるより、自分にゆるされる方がずっと難しい事だった。

何か好きな男に会いにゆく様なウキウキした気分になった。

ある日は、私はベッドの中で、

「私、六十になってしまった、私もおばあさんになってしまった」

「マア、カワイソウニ、ダレガシテシマッタノデショウネ」

全く含蓄が深い、自分でも六十歳になって呆然《ぼうぜん》としているのだ。知らない間に気がついたら六十だった。何で何でと自分で驚いていたのだ。

ある日は、

「ワタシガ、ドウイウヒトダカ、セツメイシテクレレバイイノ」

しーんとするより外なかった。

よく人が「呆けたが勝ちよね、本人はわかんないんだから」と云うが私はカッとする。

呆けた事もないのに生意気云うな。

わかんない事がわかっている母さん。

私も自分がどういう人か、わからない、多分一生わからない。誰もわからない。

私は母さんと歌をうたった事は一度もない。私は鼻歌をうたう事もない音痴なのだ。

妹が一緒に童謡の本をうたっている時、母さんはうれしそうにあどけなかったが、

老人ホームの食堂で、ヘルパーさんに拍子をとられて、沢山の老人が、「カーラース、ナゼナクノ」などとうたっているところに行き合わせると、誰もうれしそうではない。暗い目をして口だけ動かしている。悲惨でさえあるのは、もと大学教授の背の高い立派な呆けたじいさんもうたっている事だ。大学教授でも呆ける。

口だけ動かしながら、テーブルクロスを少しずつ手前に引きよせて、紅茶茶わんを一ぺんに落そうとしているバアさんもいる。

歌をうたいながら合いの手のように「アンタ、ダメダッタラ」と隣の小さなバアさんをこづいている太ったばあさんも居た。

私も呆けたら浪花節《なにわぶし》か美空ひばりをうたってやる。

母さんとトンチンカンチンな話をする方がずっと楽しかった。

何かいい事ない？

ワタシイイモノデモイイノ
かわいいかあさん、私はうれしい。

23

母さんの手は小さくなって、うすい皮だけが骨の上を行ったり来たりする。黄色いような皮膚から白い骨が透けて見えるみたいだった。

人間の体はすごいと思う。九十年、ほぼ一世紀、動き続ける機械はない。就業時間は終っても内臓は働き、心臓などドックンドックンと動き、スースー息もして休憩する事などないのだ。

九十年間、この小さくなってしまった手で母さんは、生きる事の全てをなしとげて来た。この手も五歳の時はプクプクやわらかい肉が盛り上がっていたのだろう。その手でお寺の大きな菊をへし折って坊主に首をつかまれると、オシッコーといって逃げて来たころから、勉強するために鉛筆をにぎり、くつのひもをむすび、はしを使ってごはんを食べて来たのだ。

そして結婚し子供が生れると、おむつを洗い、その指で乳をふくませ、包丁をにぎって料理を作った。

私が知っている母さんの手はがっしりして、太く赤かった。

さき細りの白魚の様な手の人が、母さんの手と同じ働きが出来ただろうかと思う。

兄さんも私も、セーターは全部母さんの手作りだった。北京に居た時、隣の小母《おば》さんと相談し合って、同じ年のひさえちゃんとおそろいのレギンスを作った。私は五歳位だった。毛糸と絹糸を一緒に編むと丈夫だと云《い》っていたのを覚えている。

私とひさえちゃんが同じレギンスを着た写真が残っているが、黒い毛糸と赤い絹糸がまざっている。同じレギンスを着てくっついて写っているのに、ひさえちゃんは大変な美少女だったので、その写真を見るのがうれしいような嫌なような気がした。似合い方が全然ちがって、同じものと思えない。

兄のセーターも、胸のあたりから一周ぐるりと白い四角い模様がついている茶色いしゃれたもので、とても手がかかっている。

終戦の時は四人の子供が居て、その子供のセーターは全部縞《しま》模様になっている。古いセーターをほどいて、かせにし、洗って、ちぢれているかせをやかんの蒸気で、のばしていた。私は、かせになった毛糸を両手にかけて母が毛糸玉を作るのを手伝った。始め兄がやっていたがすぐ私の仕事になった。私は母が同じところで玉がつくれる様にかせを動かす要領が上手《うま》かったのだ。私は腕がくたびれたが、母と向い合って、一つの仕事を一緒にやる事がとても嬉《うれ》しかった。新しい毛糸など手に入らなくなっていたので、周りの子供も冬はほとんど縞模様になっている。

そのうち母はメリヤス編みのところだけ私に編ませてくれた。私も好きだったのだろう、ゴム編みを覚え、手をふやしたりへらしたりするのを覚えると、手袋が編める様になった。ひもを通すところに穴をあける事も出来るようになった。八歳の冬、私は兄弟と自分の手袋を作った。母は教えるのが上手かったのだろうと思う。

母はゴム編みの部分を広く長くし、手の平の根元にひもを通し、首からぶらさがる様にした。他の子供よりずっとしゃれたデザインになっていた。私たち兄弟は色ちがいで同じデザインの手袋をぶらさげて引き揚げて来た。

母はオーバーのそでの中側に手袋を通すようにうるさく云った。手袋だけがなくならない様にするためだった。

そして、同じ手で、料理もするのも当り前だが、母は料理は上手だったと思う。

今、同じように握りめしを作っても、私も妹もどうしても母と同じ味にならない。

何がちがうのかわからない。でも違う。

私は七歳の時から、母の料理をずっと手伝わされた。よその家の子と遊んでいても「洋子」とよばれると手伝いだった。外の子は「ごはんよー」と呼ばれるまで遊んでいるので、いつも「あーあーあー」と思っていた。

それは、私が十八になって上京するまでずっと続いた。

彼岸には必ずぼたもちを作った。あずきと黒ゴマときなこの三色を、長っぽそい浅い箱にびっしり作った。

マヨネーズが市販される前から、マヨネーズも作らされた。

少し知恵がつくと私は「勉強する」と逃げようとすると、「そんなのあとにしなさい」と云われて、決して逃がしてくれない。

父は酒飲みだったので、必ず父だけには酒のサカナというものが別についた。

中学生位になると、私は魚の三枚下ろしなど平気でやっていた。

鰯《いわし》の骨は手でしごくことも知っていた。

それは全てあの母の、あんまり長くない太めの手から伝授されたものだった。

父は早く死んだから、今テレビであふれ返るぜいたくな料理や食材を見ると、食べさせてやりたいなあと思う。

父が死んで、だんだん豊かな日本になるのを母も見てきたから、私より母が度々そう思っただろうと思う。

小さく白黄色くなった母の手は、家族のために、どんなにか酷使され続け、有能に働いたことだろう。

二十三歳という、今では若いかも知れない年で私は結婚した。

姑《しゅうとめ》は、絵に描いた様な嫁いびりをしたが、私はあんまり絵に描いた様だから大声を出して笑ってしまうので、姑は困ったと思う。

「今はいいわねえ、嫁入り修業なんかしなくても、結婚出来て」陰々めつめつと小さい声で云う。姑の料理は天ぷらとキャベツ入りすき焼きだけだった。若かった私はなにィと思って、鰯のつみれ汁とむし鶏《どり》に中華たれをかけ、ほうれん草のゴマ和《あ》えやら何やら酢の物まで作った。

本当にバカだった、若さというものは。

そして私は一人子供を持った。子育てというのは一人でも実に大変だった。

子育てというものは、仕事など何でもないと思う程、苦労だと思わせた。

母は七人も子供を産み、三人も失い、それに耐えて四人育て上げた。

私には出来ない。

熱が出たととび上がり、でき物ができただけで医者に走った。病弱の兄と大病で二度も生還を果した弟と、その間にも赤ん坊がギャーギャー泣いている中で、母は三度のごはんを当然のごとく作っていた。私には出来ない。

その上批評精神だけは天才的な夫は、家事を手伝うなどという事はした事もない。

いつか母が東京の実家に行って留守の時、父が皿洗いを手伝ってくれた。十本もあるはしを父は一本ずつふいていた。生れて初めてはしをふいたのだろうと子供の私でさえわかった。

十本のはしはふきんで巻いて両手でガシャガシャとまわすのだよ。母さんの小さな手は、いったい何千回、もしかしたら一万回位も、ガシャガシャはしをもみ込んだのですか。

そして夫婦げんかをして、この指でサロンエプロンを目にあてて泣いたのですね。

そしてこの手がたくましかったころ、私をこづいたり、ひっぱたいたりしたのですね。

この手ではさみを持って、花を習いに行って免状をとり、花を教えたのだ。

この手で、手紙を書き、下手な短歌を作ったのだ。

人間の手ってすごいものだ。この手で、のみをつぶし、ふろしきをつつみ、トイレで紙をつかうのだ。

今母さんの手は、いったい何ができるのですか。さいふの中にせんべいを入れますね。トイレットペーパーを洋服だんすの引き出しに入れ、椅子《いす》にすわっている時は、まくらをいつまでもいつまでもなでていますね。この小さい手で。

そして、こんな小さい手になってしまった母さんを、私は捨てたのだ。

私は母さんを捨てたから、優しい気持にも時々なれるのだ。

下の妹は母さんがここに来てから毎週花とお菓子を持って必ず来ている。欠かさず来ていた。母さんは、孝行娘が居て本当によかった。そしていつだって優しい声で一緒に歌をうたってくれている。三人娘が居て、一人位優しい子が居てよかった。

遠いところに居る娘も、子供の頃から母さんと仲良しだったし、私の様に母さんと葛藤《かっとう》を持ったりしなかった。

遠いところから、度々母さんのところに来てくれる。よかったね。

私はもうあんまり覚えていない。

いったいここにもう何年居るのか。

私が帰る時、足をひきずりながら、ホームの前まで出てきて、笑いながらいつまでもいつまでも手を振っていたのは何年前だったか。

呆《ぼ》けの症状がどんな順序で少しずつ進んでいったのか、思い出せない。

私は妹の十分の一も面会には来なかった。こんな手になるまで、手がどんな風に小さく黄白くなっていったのか、わからなくなっている。

いつからほとんど寝ている方が多くなって、目のうつろさがこんなになってしまうまで、どんな症状をたどったのか、もう思い出せない。

母が私との関係を高校の担任に、「嫉妬《しっと》でしょうか」と云った時、私は見当違いの事を何云っているのだろうと思った。

そして、わかった。もしかしたら本当だったのだ。私は父にそっくりだったのだ。母の嫌なところをとことんつめてつめまくった。逃げ場を残すという事に思い至らなかった。

父は優秀な仕事を残し、その同じ仕事のグループの人達からカミソリと例えられていた様だ。私は父程優秀ではなかったが、鶴見俊輔《つるみしゅんすけ》さんから「佐野さんは、常識がありませんね」と云われたのは、世間体が気にならず自分がやりたくない事は絶対にやらなくても平気だったという事だろうと思う。

父は私より人物が大きかったのか、「外の人と違う雰囲気があって、独得な誰とも違う存在だった」と友人がどこかに書いていたが、同じ特徴がきっと私には裏目に出たのだ。父と母が夫婦げんかする時、私は父の言い分しか理解出来なかった。

そして、父は決してあからさまにはしなかったが、私に実力以上のものを期待していて、私をある種の分身の様に思っていたのではないか。

父は口が悪かったからほめられた記憶は一度もなかったが、私は父に愛されている事はわかった。

父は自分と資質が全く違う人間を妻に選んだのは正解だったと思うし、夫婦としての組合わせとして、よい組合わせの夫婦だったと思う。

母は本当に私に嫉妬していたのだ。

24

母さんは、そのうち寝たきりになった。

寝たきりでも呆けていた。

呆けているのに時々どきっとする様な事を云った。

「もう何でも忘れましょう」

寝ていてうつらうつらと終日している様だった。入れ歯を外してあるので顔が入れ歯分小さくなっていた。唇が口の中にめり込んでいて、何だか黄色っぽい顔をしていた。

そしてそれからの事は、私はほとんど覚えていない。私は乳ガンの再発が骨に来て歩けなくなった。

母さんが死んだ時、私はつえをついていたのか車椅子にのっていたのか、わからない。私のイメージの中では病院のベッドの頭の方に立って、死んだ母さんをずっと見ている。母さんは老人ホームでうつらうつらしているのと同じ死体になっている。老人ホームで呆けっ放しで寝ていた母さんは、少しずつ死体になっていっていたのだと思った。

火葬場にどうやって行ったのか覚えていない。

かまのドアを閉めた時、急にゴオーと音がしてかまの中が真っ赤になったのを見た様な気がする。そんな気がするだけだったのかも知れない。

叔母や従弟《いとこ》や叔父や弟や妹やそのつれ合いなどが居たと思うがほとんど思い出せない。

仕方がないので妹に聞く。

「母さん死んだの何歳？」

「九十三だよ」

「死んだの何日？」

「二〇〇六年八月二十日の朝九時半」

「私その時、いた？」

「いなかったよ、いたのは、にいちゃんと私だけ」

「私はいつ行ったの」

「あなたは、葬儀屋の霊安室に入れてから」

「その時母さんもうお棺に入っていた？」

「入っていた。白くてピカピカ光るふとんがしいてあって、上にも、白くてピカピカ光る着物がかかっていた。そいで、きゃはんとか手のきゃはんとか、つえとか、顔にも白い布がかかっていた。それから三途《さんず》の川を渡る時のお金もあった」

「そのお金、お札なの」

「ちがう。何だか、昔のお金が印刷してある紙だったよ」

「だれが、葬儀屋に、連絡したの」

「私だよ」

「いつ決めたの」

「もう前から調べて、近いところさがしたんだよ」

妹は実に細部にわたって、時間とか順序とか覚えていた。そしてほとんど妹が、手配したのだった。

私は覚えていない。死んだ母さんを立って見ていた私などいないのである。

焼き場はとても上手に母さんを焼いてくれたそうである。

私は母さんのあんまり小さく細くなってしまった真白な骨を、恐しいような清々《すがすが》しいような気持で見たような気がする。

でも母さんの骨は年にしてはしっかり太くて、焼き場の人がほめてくれたと云う。

私はガンが再発して車椅子にのっていたらしい。

誰も泣かなかった。と私は思っているが、妹たちは泣いたのかも知れない。

私が泣いた覚えがないからだろうか。

母さんは父さんと同じ墓に入った。

家から一分位のところの、山岡鉄舟にちなんだ鉄舟寺の斜面に墓があった。

父さんは、何代か前の鉄舟寺の坊さんと親しくしていたので、自然にそうなった。

そこからのながめは、まるで昔の銭湯のペンキ絵の様な完璧《かんぺき》な風景だった。正面にでかでかと富士山がすそまでまる見えで、前に駿河湾が広がり、お墓には桜の木があり、春には桜が咲いた。母さんは年をとってその斜面に登るのがつらくなって、もう少し下の方にお墓を移すつもりだったらしいが、その自分がお墓に入ってしまった。

要するに大変な名門のお寺だったが、父さんが死んで五十年、お坊さんも何代か代った。

父さんの戒名は最高の位の戒名だったが、母さんを同じ位にすると戒名代が百二十万と聞いて驚いた。

母さんが死んで、私が母さんの為《ため》にやったたった一つの事は、坊主《ぼうず》の所に行って戒名代を負けさせた事だけである。

負けさせに行って、私はすっかり坊主に同情してしまった。

国宝や重要文化財やらの仏像やら経典があり、それを度々ひらかれるそういう展覧会に出品するのに、運搬費やら保険やらに大変出費があるそうで、良好に保存するのにも費用がかかるとため息をついていたけど嘘《うそ》か本当かわからない。

日教組の妹は、おしゃか様は人間に位をつけるという事などしなかったと実に正しい発言をしていた。

正しい意見でも、世の中皆んなそうではないか。

政治家も坊主も同じなのである。

資本主義の世の中で、公務員もその資本主義のあがりの税金で食っているのだから。

でも母さんが死んでようやく父さんの隣に永久に住める様になった事に、お墓はありがたいものだと、ほっとした。

私は母さんがお墓に入って、本当にほっとした。

母さんは自分で考えていたよりもずっと波乱に満ちた生涯を実に力強く生きた。少々荒っぽかったかも知れないが、現実をよく生きた。

母さんは、ごく普通の「善良な市民」「一般大衆」「日本国民」で、特別なものは何も持っていなかった。

九歳の時の関東大震災、モガだった娘時代、父さんとの結婚、植民地だった北京へ渡り、比較的というよりずい分豊かだった終戦までの生活、そして終戦。九歳を頭に五人の子供を育て、二年間、腰抜けになっちまったインテリ父ちゃんの代りに実にたくましく食い物を手に入れた。

あの人はそういう時にとても元気はつらつになった。

身一つで七人家族で日本に帰って来た。

そして、バタバタと子供が死んだ。溺愛《できあい》していた兄の死は、何よりも打撃だっただろうと私は自分の子供を持ってわかった。

母さんは誰かれかまわず、気取って（と私には見える）口をすぼめて、「子供をなくす程、つらい事はありません」と前かけやハンカチで目を押えていた。

そして、私をはりとばし、ねしょんべんたれの弟をどなりちらしていた。

母さんは動物の母親の様だった。本能的な母性愛があった。

弟が北京で高熱を出してぐったりして、誰も助かると思っていなかった時、弟を抱いてフートンの路地をかけ抜けて、小さな広場まで行った。フートンをかけ抜けた時、弟はにわかに正気づいた。母はフートンにある家が皆、葬式を出している事に気づき、ここは悪い場所だと気付いたと云った。

母さんは赤ん坊が好きだった。赤ん坊だった弟を抱いている母の写真は、犬や猫が子供をなめまくっている様に、ほとんど、菩薩《ぼさつ》である。

そして口がきける様になると、放っぽらかして、子供は動物だから、動物の様に兄弟でふざけ合っていた。

子供が自分で稼ぐ様になると一切何も干渉しなかった。娘が結婚するのに反対した事はなかった。

七人子供を産むなどという事は私には出来ない。とんでもなく貧乏の時も産んでいた。三人も死ぬ事が昔は大ざっぱな計算が立っていたのだろう。

産ませたのは父であるから、父さん何考えていたのだろう。

父さんは、四人の子供をたたみに座らせて、明日死ぬという日にゆっくりくい入る様に一人ずつ見つめて、次の日に死んだ。

死んでも死にきれなかっただろう、一人も大人になっていなかったのだから。

その日まで主婦だった四十二歳の母は、子供を全部大学まで入れた。

母は終戦後の貧しさをぐちった事はない。

母が我慢ならなく、思い通りに行かなかったのは嫁との生活だった。

たった一人の人間との感情生活が耐えられなかったのだ。

人は苦労には力が出るが、苦悩を消す事は出来ない。

未亡人になってから建てた自分の家を嫁に追い出されて、さまよう老後に突入してしまった。

そして急速に呆《ぼ》け始めた。

呆けたら仏様の様になってしまった。

よって立つべき物を老いは蒸発させてしまった。

母は父と二十年暮したが、そのあとの人生は五十年もあったのだ。

二十年の結婚生活は幸せだったと思う。母は父を尊敬していたからだ。

夫を尊敬出来るという事は一番幸せではないだろうか。

父にも人としての欠落は沢山あったが、そのために、毎日夕食の夫婦げんかは一日も休日はなかったが、父への尊敬はゆらぐ事はなかったと思う。よかったね、本当に。

そして気の毒に一番気の合わない娘の私を信頼していたのだ。私の責任感の強さはどこから生れたかわからない。


七十歳になる私は、毎日が恐怖である。もの忘れの加速が尋常ではない。何かをするために、立ち上がり、立ち上がった時に、何をするのか忘れている。そして、ただ呆然《ぼうぜん》と立っている。

呆け始めの母と同じになってしまった。母は非常に度々、呆然と立っていた。母が呆然と立っている姿は、周りに五センチ位のもやがとりまいている様だった。私も同じもやにつつまれているにちがいない。

今、私は年相応の物忘れか、母と同じ痴呆症《ちほうしょう》なのか、区別がつかない。区別がついてどうだと云うのか。

「それは何？」「たばこ、たばこ」「たばこ吸ってるの。それはいい子ね」「母さんたばこ吸った事ある？」「それが、吸わなかったの、残念しごく。お酒だってのめたらのむ」「何か食べたい？」「食べたいものはいーっぱいあるの、だけどどこにあるかわかんないの」

私も死ぬ。生れて来ない子供はいるが、死なない人はいない。

夜寝る時、電気を消すと毎晩母さんが小さな子供を三人位連れて、私の足もとに現れる。夏大島をすかして見る様に茶色いすける様なもやの中に母さんと小さい子供が立っている。

静かで、懐《なつか》しい思いがする。

静かで、懐しいそちら側に、私も行く。ありがとう。すぐ行くからね。

解説のような雑記

佐野さんと出会えた幸せのいろいろ

内田春菊

「私も母と仲直りできる日が来るのでしょうか」

『シズコさん』を送っていただいて読んで、佐野さんに送ったお手紙にはそんな一節を書いた気がする。

私も母と仲直りできる日が来るのか？

私だけでなく、この本を読んだどれだけの人がそう思ったことだろう。

佐野さんは、何度も「私は金で母を捨てた」と書いておられるが、そんなことはない。お金は働かなければ手に入らない。働いたのは佐野さん自身だ。お金をかけるという愛の形だってあるのだ。

私自身は母とまるきり絶縁しているが、それは、「あんたはお金だけくれてればいいの」という要求をつきつけられたからである。私は母に嫌われていたが、好かれようとかなりあがいた。私にお金を出させたいなら、私の生活を助けてくれるべきだと迫った。しかし、私の母はどちらも拒否し、ただ「最初もっとお金くれるって言ってたじゃない」と言い続けたのだ。

私の母も彼女なりに、民主主義の洗礼を受けたのであろう。昔は何でも出来る気でいたのだ。目の前の自分の男に、「そんなひどいことやめて」とも言えないでいたのに。

今、私には娘が二人、息子が二人いる。娘二人は全く性格が違う。第一、遺伝子が違う。一人は今一緒に暮らしている、三番目に結婚したけど籍だけ抜いてしまった男の子どもで、もう一人は昔のボーイフレンドの子どもである。今暮らしている男の娘は自分の父が大好きで、いつもべたべたしている。べたべたしているだけでなく、可《か》

愛《わい》がられると、
「どう？　うらやましい？」
と私に闘いまで挑んでくる。

どうなの？

私はそんなとき、自分の愛人に私の体を提供した実の母のことも思い出す。男にどれくらいサービスするかを決めるのは女の方だ。やりすぎると若い頃はバカップルとかイタ女とか言われ、もっと続くと子どもが精神に異常をきたしたり、私みたいに漫画家になって堂々と私生児を産んだりする。

私は男にくっついて男の子どもを産ませていただいた代わりにご飯を食べるなんて人生は真っ平だったのでこうなったのだ。お姫様みたいにして守ってもらうという芸風からはほど遠く、当然ながら佐野さんを知るなり私はどんどん佐野さんにはまっていった。

「私の父ったらひどいのよ。『お前は器量が悪いんだから、手に職をつけろ』って言うんだから」

初めて対談した時、佐野さんがそのようなことをおっしゃっておられたような気がする。媒体は、今はなき『広告批評』だった。

「でもね、私は父が好きなの」。

私の『物陰に足拍子』という漫画を読んだ佐野さんは、

「あなた、不良だったでしょう」

とまっすぐにおっしゃった。

「佐野さんの絵本、素晴らしいですね」

と言うと、

「でもねえ、絵本は食べていけない仕事なのよ。ものすごい数でも出せば別だけど」。

書店に行くたび佐野さんの絵本を探していた私は、作家名では本が探せないのを知った。

「車の棚」「機関車の棚」「アニメ絵本の棚」。

絵本って作家を頼って本を買う人がそんなに少ないの？　佐野さんの文章は人を摑《つか》んで離さないのに。当然絵本だけではもったいないので、佐野さんの文章の本の出版はどんどん増えていった。

25歳から32歳まで、私は名づけ親秋山道男の言いつけを守って、年齢を言わないで仕事をしていたが、次に『水物語』という漫画を読まれた佐野さんは、

「あんたいったいいくつなの？」

とおっしゃった。

33歳、望んで私生児を産んだ私のライブに佐野さんは、赤ちゃん用の素晴らしいインディアンモカシンを持って現れた。その靴の箱の中には、

「あんたをいじめる人がいたら、私が怒ってあげるからね」

というお手紙が入っていた。

名づけ親秋山は、数年前まで資生堂で毎週金曜日に公開対談を行っていた。そろそろそれが終わってしまうのがわかった頃、大好きな佐野さんに出演を頼むために、サ

イン会の列に並び、自分の番が来ると名刺を出したのだった。

「終わるまでそこで待ってて」

指定された場所で再びお会いすると、佐野さんは、

「あなたね、わたしは義理でしか仕事をしないのよ、末期がんだし」

と被《かぶ》っていた帽子を取られ、抗がん剤で髪のなくなった頭を見せられたのだそうだ。

「だから、きみ、そんな可愛がってもらってるんだったら早く会いに行きなさい」

私はドキドキした。がんという話題にまだ免疫《めんえき》もなく、知識もなかった。やっと佐野さんとお会いできたときには、私も大事な男友達ががんにかかり、その妻や友人たちと一緒におろおろしている頃だった。

「佐野さん、いま体調は……」

「私がんだから、あなたわたしの顔良く見といたほうがいいわよ」

「どこですか？」

「脚よ」

「ぜんぜんしゃんとしてらっしゃるじゃないですか」

「痛み止め入れてればね」

「私の友人で、今ちょっとうまくいってる治療があるんですけど」

「あなた、なにか知ってるの？」

「試してみます？」

「あたしね、なんで自分だけがんになんかなっちゃったんだろうなんて思ってないのよ。がんなんか、誰だってなるじゃない。前のがんのとき抗がん剤使ったら、とても人間の生活出来なかったの。だからもう、今回は治療はしないの。骨を強くする点滴を週に一、二回打ってもらってるだけ。それより、物忘れとか、そっちの方が心配なの。母みたいに呆けるんじゃないかって。それとときどきいろんなことにすごく腹が立つの。それにも困ってるのよ」

佐野さんは、私のすすめる治療に一度だけ行って、「頭の方が心配」という話をされ、その後、残ったチケットの束を、

「もう使わないからお友達にあげて」

と送ってこられた。

おうちに行ったときは、煙草《たばこ》の量と読書量にびっくり。沢山面白い本を教えていた

だいた。

巌谷《いわや》小波《さざなみ》文芸賞をお獲りになったパーティのときは、がんが脳に移って放射線治療をされたあとだった。佐野さんが「治療はいいの」と言っても、息子さんが納得しなかった。

「だましてでもやらせる」

と彼は言っていた。

「調子はどうですか？」

「この放射線ってのがねえ、あとの副作用がもういやなのよ。でも言ってもわかんないわよねえ」

「友人が何度もやっていて、話は少し」

「そう」

佐野さんは、賞金の入った封筒を、ハンカチでも渡すようにぽいと息子さんに渡していた。

「洋子がカラオケ行きたいって言うから、いいとこ予約したんだ」

と息子さんは言った。

そのころ沢田研二さんにはまってらっしゃると聞いたので、私は『追憶』という曲の「ニーナ」を「ヨーコ」にして歌ったりし、喜んでもらって嬉《うれ》しかった。

秋山も去年がんになり、すぐに私に話してくれた。

「おれせっかくがんになったんだから楽しいがんの本作りたい。佐野さんはどうしてる?」

などと言っている。

いつも背筋が伸びていて、スタイルのいい佐野さん。ぽんぽんと話す言葉も書く言葉も濃く熱く、人の気持ちの空気をしっかり読んでおられる。

そんな佐野さんの言葉に皆が助けられ、励まされ、自分が生身だってことをしっかり思い出し、涙を流す。涙を沢山流すのは、とっても体と心にいい。本気で感情移入して流す涙ほどいいそうである。佐野さんはその作品で皆を治療している。きっとご本人はそんなつもりはないんだろうけど。

（二〇一〇年八月、漫画家・作家）

この作品は二〇〇八年四月新潮社より刊行された。

佐野洋子著

ふつうがえらい

嘘のようなホントもあれば、嘘よりすごいホントもある。ドキッとするほど辛口で、涙がでるほど面白い、元気のでてくるエッセイ集。

佐野洋子著

がんばりません

気が強くて才能があって自己主張が過ぎる人。あの世まで持ち込みたい恥しいことが二つ以上ある人。そんな人のための辛口エッセイ集。

佐野洋子著

覚えていない

男と女の不思議、父母の思い出、子育てのこと。忘れてしまったことのなかにこそ人生があった。至言名言たっぷりのエッセイ集。

西原理恵子著

パーマネント野ばら

恋をすればええやんか。どんな恋でもないよりましやん。俗っぽくてだめだめな恋に宿る、可愛くて神聖なきらきらを描いた感動作!

黒柳徹子著

トットの欠落帖

自分だけの才能を見つけようとあらゆる事に努力挑戦したトットのレッテル「欠落人間」。いま噂の魅惑の欠落ぶりを自ら正しく伝える。

黒柳徹子著

小さいときから考えてきたこと

小さいときからまっすぐで、いまも女優、ユニセフ親善大使として大勢の「かけがえのない人々」と出会うトットの私的愛情エッセイ。

杉浦日向子著

江戸アルキ帖

日曜の昼下がり、のんびり江戸の町を歩いてみませんか——カラー・イラスト一二七点とエッセイで案内する決定版江戸ガイドブック。

杉浦日向子著

ごくらくちんみ

とっておきのちんみと酒を入り口に、女と男の機微を描いた超短編集。江戸の達人が現代人に贈る、粋な物語。全編自筆イラスト付き。

三浦しをん著

乙女なげやり

日常生活でも妄想世界はいつもハイテンション。どんな悩みも爽快に忘れられる「人生相談」も収録！　脱力の痛快ヘタレエッセイ。

三浦しをん著

桃色トワイライト

乙女でニヒルな妄想に爆笑、脱力系ポリシーに共感。捨てきれない情けなさの中にこそ愛おしさを見出す、大人気エッセイシリーズ！

三浦しをん著

夢のような幸福

物語の萌芽にも似て脳内妄想はふくらむばかり。読書漫画映画旅行家族趣味嗜好——濃厚風味の日常エッセイは、癖になる味わいです。

群ようこ著

おんなのるつぼ

電車で化粧？　パジャマでコンビニ⁇　肩ひじ張る気もないけれど、女としては一言いいたい。「それでいいのか、お嬢さん」。

シズコさん

新潮文庫　さ－30－5

平成二十二年十月一日発行
平成二十三年六月十五日八刷

著者　佐《さ》野《の》洋《よう》子《こ》

発行者　佐藤隆信

発行所　株式会社新潮社

郵便番号　一六二—八七一一
東京都新宿区矢来町七一
電話　編集部(〇三)三二六六—五四四〇
読者係(〇三)三二六六—五一一一
http://www.shinchosha.co.jp

価格はカバーに表示してあります。

乱丁・落丁本は、ご面倒ですが小社読者係宛ご送付ください。送料小社負担にてお取替えいたします。

印刷・大日本印刷株式会社　製本・憲専堂製本株式会社

ISBN978-4-10-135415-6　C0195